बहुज्ञ विधि

बहुज्ञ विधि

सात आँखें जो दुनिया दिखाएँ

गुरप्रीत सिंह

प्रथम संस्करण — 2026

भारत में प्रकाशित

दादा को समर्पित —

जिन्होंने बिना सिखाए, सिखा दिया।

देखा समझा किया — तीन सीढ़ी ज्ञान।

एक बिना दूजा अधूरा — तीनों मिलें तो जान॥

भाग एक

देखना

देखा जिसने जोड़कर — समझा सारा खेल।

अलग-अलग जो देखता — उलझा रहा अकेल॥

प्रस्तावना: इंजीनियर और चींटी

विक्रम शर्मा ने बहुत कुछ देखा था।

आईआईटी दिल्ली। बड़ी-बड़ी कंपनियाँ। पुल जो नदियाँ लाँघते थे, इमारतें जो बादलों को छूती थीं। नक्शे बनाए थे, समीकरणों को इस्पात में बदला था।

पंद्रह साल ऐसे ही। और कहीं पंद्रहवें साल में — एक अहसास आया जिसका नाम नहीं था। एक मीटिंग रूम जहाँ अपनी ही आवाज़ दूर लगी। एक नक्शे पर अपने दस्तख़त जो किसी और के भी हो सकते थे। पुल उसके थे। ज़िंदगी किसी और की।

सुनीता ने पूछना छोड़ दिया था कि कब लौटोगे। उनके बीच की चुप्पी एक तरह का समझौता बन चुकी थी।

पर उसने कभी बाँबी नहीं देखी थी।

ऐसी नहीं।

वो ढाबी टेक सिंह आया था सड़क का सर्वे करने — तीन दिन, आना-जाना। पर पहली शाम, खेतों के पास से गुज़रते हुए, उसके पैर रुक गए। कुछ था उस रोशनी में — डूबता सूरज, धूल में सुनहरा रंग, गाँव का शोर जो यहाँ आकर ख़ामोश हो जाता था। उसने सालों से ख़ामोशी नहीं सुनी थी।

ख़ामोशी नहीं, बिल्कुल। पीछे कहीं हैंडपंप की चरचराहट — लोहा लोहे पर, पानी पत्थर पर। गाँव की साँस की आवाज़।

तीन फ़ीट ऊँची। लाल मिट्टी। सैकड़ों छोटे-छोटे छेद — जैसे किसी ने चावल के दाने जितने लोगों के लिए महल बना दिया हो।

वो घुटनों के बल बैठ गया।

अंदर से ठंडी हवा आ रही थी। एसी? बाँबी में?

हज़ारों चींटियाँ अंदर-बाहर हो रही थीं। कोई खाना ले जा रही, कोई मिट्टी, कोई अंडे। कोई टकराव नहीं। कोई भीड़ नहीं। हर एक को पता था कहाँ जाना है।

उसने एक छेद में झाँका। कमरे थे — छोटे-बड़े। रास्ते थे — कुछ चौड़े जैसे राजमार्ग, कुछ संकरे जैसे गली। गोदाम थे। बच्चों के कमरे थे। और हवा के रास्ते जो तापमान सही रखते थे।

"कमाल है!" वो बोल उठा। "इसका नक्शा किसने बनाया? इसका इंजीनियर कौन है?"

पास में एक बच्चा खेल रहा था। आठ-नौ साल का। धूल में तिनके से कुछ बना रहा था।

"कोई नहीं।"

विक्रम ने देखा। "क्या?"

"कोई नहीं बनाता। ये बस बन जाती है।"

विक्रम हँसा। इंजीनियर की हँसी। "बेटा, देखो — कितने कमरे हैं, कितने रास्ते। हवा का ऐसा बंदोबस्त है, खाने का गोदाम है। ये बिना नक्शे के नहीं बन सकता।"

बच्चे ने कंधे उचकाए। "हाँ, पर किसी ने पहले से नक्शा नहीं बनाया। हर चींटी अपना काम करती है। बस।"

विक्रम ने एक चींटी उठाई। हथेली पर रखी। चावल के दाने जितनी। छह पतली टाँगें। दो एंटीना।

"तुमने ये महल कैसे बनाया?" उसने पूछा — आधा मज़ाक में, आधा सच में।

अगर चींटी बोल पाती, शायद कहती: "महल? मैंने तो बस थोड़ी मिट्टी उठाई। थोड़ी वहाँ रखी। बस इतना जानती हूँ।"

पुराने बरगद के नीचे एक बूढ़ा बैठा था।

सफ़ेद दाढ़ी। झुर्रियों भरा चेहरा। आँखों में वो शांति जो उन लोगों में होती है जिन्होंने बहुत देखा है और अब बहुत कम बोलते हैं।

गाँव उसे दादा कहता था।

उसने सब सुना था।

"बेटा, ये उभार है।"

"उभार?"

दादा ने तिनका उठाया। धूल में एक छोटा गोला बनाया। हाथ स्थिर थे — बड़े, धीमे, उँगलियाँ मोटी जो दशकों के काम से जमी थीं। वो ऐसे लिखते थे जैसे आदमी अपना नाम लिखता है — बिना देखे, बिना सोचे।

"एक चींटी। सरल। तीन बातें जानती है — खाना ढूँढो, रास्ते पर निशान छोड़ो, दूसरों के निशान पर चलो। बस। इससे ज़्यादा कुछ नहीं।"

उसने सैकड़ों गोले बनाए।

"लाख चींटियाँ। वही तीन काम। पर देखो क्या उभरता है —"

उसने बाँबी की तरफ़ इशारा किया।

"— महल।"

विक्रम ने बाँबी की तरफ़ देखा, फिर दादा की उँगलियों के बीच पिसते धूल के गोलों को। चावल के दाने जितनी चींटी — और ये शहर। कुछ बैठा नहीं। कुछ बैठ रहा था।

"कोई नक्शा नहीं। कोई इंजीनियर नहीं।"

दादा ने गोलों के नीचे एक लकीर खींची और चुप हो गए — जैसे लकीर ने बाक़ी कह दिया हो।

"और सिर्फ़ चींटी नहीं," दादा ने आगे कहा। "ये गाँव देखो — किसी ने ढाबी टेक सिंह का नक्शा नहीं बनाया था। एक झोपड़ी, फिर दूसरी। कुआँ जहाँ पानी था। मंदिर जहाँ लोग इकट्ठे होते थे। बाज़ार जहाँ रास्ते मिलते थे। सब अपना काम कर रहे थे। और गाँव उभर गया।"

छोटा रमेश, जो पेड़ के पीछे से सुन रहा था, बोल उठा: "दादा, तो भाषा भी ऐसे ही बनी?"

दादा की आँखों में चमक आई। "हाँ बेटा। किसी ने हिंदी बैठकर नहीं बनाई। लोग बोलते गए, सुनते गए, शब्द बदलते गए। और एक पूरी भाषा उभर गई।"

विक्रम उठा। चारों तरफ़ देखा — बाँबी, गाँव, जंगल, आसमान में उड़ते पक्षियों का झुंड।

"सब में एक ही ढर्रा है," उसने धीरे से कहा।

"हाँ। जो दिखता है — वो किसी ने बनाया नहीं। वो उभरा।"

"तो हम क्या कर सकते हैं? अगर हम बना नहीं सकते..."

दादा ने उसके कंधे पर हाथ रखा।

"बेटा, उभार को तुम बना नहीं सकते। पर बीज बो सकते हो। सही लोग, सही नियम, सही जगह — रख दो। फिर पीछे हट जाओ। जो उभरना है, वो उभरेगा।"

"जैसे माली करता है?" रमेश ने पूछा।

"बिल्कुल। माली पौधा नहीं बनाता। वो सिर्फ़ मिट्टी, पानी, धूप का इंतज़ाम करता है। बाकी पौधा खुद करता है।"

विक्रम दिल्ली लौट गया। साल बीते।

पर गाँव में एक तकलीफ़ बढ़ती जा रही थी।

मुख्य सड़क टूट गई थी। गड्ढे ही गड्ढे। बच्चे गिरते, बूढ़े लड़खड़ाते। सरपंच ने कहा: "सरकार को लिखेंगे।"

एक साल। कुछ नहीं।
दो साल। वही गड्ढे।
तीन साल। लोगों ने उम्मीद छोड़ दी।

वही रमेश अब सत्रह का हो गया था।

एक शाम वो टूटी सड़क पर खड़ा था। एक बुढ़िया को गड्ढे से बचकर जाते देखा। एक बच्चा गिरा, घुटना छिल गया।

और उसे याद आई — वो चींटी।

"एक चींटी ने महल नहीं बनाया। लाख चींटियों ने बनाया — हर एक ने अपना छोटा सा काम किया।"

उसने सोचा: अगर हर घर अपने सामने की दस फ़ीट सड़क ठीक करे...

◎

अगले रविवार, रमेश ने गाँव में सभा बुलाई।

कुछ उत्सुक, कुछ शक़ी, ज़्यादातर बोर।

उसने चींटी की कहानी सुनाई। फिर बोला:

"हम सरकार का इंतज़ार कर सकते हैं। या हम चींटी बन सकते हैं।

"कोई बड़ा नक्शा नहीं। कोई कमेटी नहीं। कोई अगुआ नहीं।

"बस एक नियम: हर घर अपने आगे की दस फ़ीट। बस इतना।"

कोई हँसा। "इतने से क्या होगा?"

"चींटी से पूछो।"

◎

पहले दिन: तीन घर।

सुबह जल्दी उठे। गड्ढे भरे। पत्थर बिछाए। मिट्टी कूटी। शाम को उनके सामने की सड़क साफ़ थी।

पड़ोसियों ने देखा।

हमारे सामने गड्ढे। उनके सामने साफ़।

अगले दिन: पाँच और घर।
एक हफ्ते में: बीस।
दो हफ्ते में: पचास।
एक महीने में: पूरी सड़क।

कोई नक्शा नहीं। कोई ठेकेदार नहीं। सरकार से एक पैसा नहीं।

बीस साल बाद, विक्रम लौटा।

बाँबी के लिए नहीं। हाइवे का सर्वे — तीन ज़िले, दो हफ़्ते का काम। ढाबी टेक सिंह नक्शे पर एक बिंदी था जिसे लगभग छोड़ दिया।

पर पैरों ने याद रखा।

गाँव वही था और वही नहीं। बरगद और फैल गया था। दादा की दाढ़ी सफ़ेद से बर्फ़ हो गई थी। और पेड़ के पीछे सुनने वाला लड़का अब आदमी था — रमेश, खुरदरे हाथों वाला, अपने खुद के बेटे का बाप।

विक्रम ने सड़क देखी। घुटनों पर बैठा। वो जगह छू ली जहाँ सबसे गहरा गड्ढा था। पत्थर पर हाथ फेरा। चिकना। बराबर। ना दरार।

सर्वे तो एक दिन में हो सकता था। पर कुछ था यहाँ — कुछ जो उसे खींच रहा था। या शायद खिंचाव उलटा था। शायद जो उसे डराता था वो ये कि पहली बार सालों में — वापस जाने का मन नहीं था।

फ़ोन बजा। दफ़्तर से तीन मैसेज। पुल का प्री-बिड — गुरुवार। उसका नाम एजेंडे में, उसकी गणनाएँ डेक में। वो मीटिंग जहाँ ग़ैर-हाज़िर होना एक बयान होता है।

रुक। देख। सीख।

अँगूठा अटका रहा। वो मीटिंग जहाँ उसका करियर रहता है — या ये गाँव जहाँ कुछ अनाम उसके भीतर टूट कर खुल गया है।

उसने दफ़्तर फ़ोन किया। "एक हफ़्ता और चाहिए।"

"प्री-बिड गुरुवार है, विक्रम। अगर तुम नहीं आए—"

"पता है।"

आवाज़ काँपे उससे पहले उसने फ़ोन रख दिया। हाथ स्थिर थे। करियर नहीं।

सात दिन। सात नज़रें। सात आँखें।

उस शाम दादा नई सड़क पर खड़े थे। लाठी के सहारे। रमेश बगल में।

दादा ने उसका कंधा थपथपाया।

"तूने चींटी से ज़्यादा सीखा, बेटा।"

"कैसे, दादा?"

"चींटी को पता नहीं कि वो क्या बना रही है। पर तू जानता था। तूने देखना सीख लिया।"

विक्रम को याद आई वो पहली शाम।

इसका इंजीनियर कौन है?

और विक्रम?

वो सीख रहा था।

कण कण माटी ढेरते — बिन कारीगर धाम।

कौन रचे ये धाम रे — चींटी चींटी काम॥

विशेषज्ञ का अभिशाप

विक्रम ने तय कर लिया था — एक हफ़्ता रुकेगा, देखेगा, सीखेगा।

पहले दिन उसने एक कहानी सुनी जिसने उसे हिला दिया।

ढाबी टेक सिंह के ज़िला अस्पताल में डॉ. अजय कपूर को सब "दिल का भगवान" कहते थे।

बीस साल का अनुभव। दिल्ली के बड़े अस्पताल से प्रशिक्षण। जब वो किसी की छाती पर स्टेथोस्कोप रखते, जैसे हर धड़कन उनसे बात करती।

सुबह की ओपीडी में उनके कमरे के बाहर सबसे लंबी लाइन। लोग पचास किलोमीटर दूर से आते — "कपूर साहब को दिखाना है।"

जो मामले दूसरे नहीं समझ पाते, वो समझ लेते। जो बीमारी की पहचान छूट जाती, वो पकड़ लेते।

वो अक्सर कहते: "मुझे रिपोर्टें दिखाओ, जाँचें दिखाओ। बाकी सब बातें हैं।"

गाँव वालों के देसी नुस्खों पर उन्हें हँसी आती। "अंधविश्वास। विज्ञान पर भरोसा करो।"

एक दिन एक बूढ़ा किसान आया। भोला। पैंसठ साल। साँस फूलती थी, सीने में दर्द, चलने में थकान।

डॉ. कपूर ने जाँच की। ईसीजी। इको। रिपोर्टें।

"दिल कमज़ोर है। दवाई दे रहा हूँ। तीन महीने खाओ। ठीक हो जाओगे।"

भोला दवाई लेकर गया।

तीन महीने बाद।

वही चेहरा। पहले से कमज़ोर। पहले से पीला।

"आप फिर? मैंने तो ठीक किया था!"

"साहब, दवाई खाई। कुछ दिन अच्छा लगा। फिर वही..."

फिर जाँचें। फिर रिपोर्टें। वही — दिल कमज़ोर।

"दवाई और तेज़ करता हूँ।"

छह महीने। नौ महीने। भोला बार-बार।

हर बार वही — जाँचें, दवाई, थोड़ा आराम, फिर बीमार।

डॉ. कपूर परेशान। किताबें खोलीं, शोध पढ़ा, साथी डॉक्टरों से पूछा। सब कुछ सही कर रहे थे। फिर मरीज़ ठीक क्यों नहीं?

"शायद बड़े शहर में दिखाना चाहिए। यहाँ की सुविधाएँ कम हैं।"

भोला की पत्नी कमला चुपचाप बैठी थी। उसकी आँखों में कुछ और था — शक़। डॉक्टर पर नहीं, इस पूरे तरीके पर।

जाते वक़्त उसने भोला का हाथ पकड़ा। "चलो। एक जगह और।"

गाँव के बाहर, नीम के पेड़ के नीचे, एक छोटी झोपड़ी।

यहाँ हकीम जी रहते थे। उम्र का कोई हिसाब नहीं — सत्तर, शायद अस्सी। सफ़ेद दाढ़ी, शांत आँखें। दादा के पुराने मित्र।

कोई डिग्री नहीं। बस पुश्तों से सीखा हुआ ज्ञान।

भोला को यहाँ आना पसंद नहीं था। "यह सब पुराना है। असली डॉक्टर ने कहा शहर जाओ।"

"असली डॉक्टर के पास तीन बार गए। अब यहाँ भी देख लो।"

हकीम जी ने भोला को देखा। पर सीधे छाती पर हाथ नहीं रखा।

"बैठो बेटा।" पानी दिया। बैठाया।

फिर पूछा — वो सवाल जो डॉ. कपूर ने कभी नहीं पूछा:

"बेटा, नींद कैसी है?"

भोला चौंका। "नींद?"

"हाँ। रात को नींद आती है?"

चुप्पी। फिर धीरे से: "दो साल से ठीक से नहीं सोया।"

"क्यों?"

और फिर जो निकला, वो किसी जाँच में नहीं दिखता था।

भोला की आँखों में पानी आ गया। दो साल पहले बेटे की शादी थी। पैसे नहीं थे। साहूकार से कर्ज़। फिर फसल खराब। कर्ज़ दोगुना। साहूकार धमकाता है। रात को नींद नहीं — सोचता रहता हूँ कैसे चुकाऊँगा। खाने का मन नहीं। बस चिंता, चिंता, चिंता।

हकीम जी ने सुना। पूरा सुना। कुछ नहीं बोले।

फिर कमला की तरफ़ देखा:

"बहू, दिल बीमार है क्योंकि जीवन बीमार है।"

"पहले कर्ज़ का हल निकालो — पंचायत से बात करो। रात को हल्दी वाला दूध। सुबह टहलो, किसी से बातें करो।"

भोला ने हैरानी से देखा। "बस? कोई दवाई नहीं?"

"दवाई बाद में। पहले यह करो।"

कमला ने काम शुरू किया। पंचायत गई, सरपंच से मिली, समझाया। सरपंच ने साहूकार को बुलाया। बातचीत हुई। कर्ज़ की किस्तें बनीं — छोटी-छोटी, जो भोला चुका सके। भोला को पहली बार लगा — शायद रास्ता है।

रात को हल्दी वाला दूध। सुबह की सैर। एक महीना — भूख लौटी। दो महीने — थकान गई। तीन महीने — साँस ठीक। वो डॉ. कपूर वाली दवाई अभी भी खा रहा था — वही दवाई जो पहले काम नहीं कर रही थी, अब काम कर रही थी।

डॉ. कपूर को खबर मिली — "वो मरीज़, भोला, ठीक हो गया।" विश्वास नहीं हुआ। एक दिन छुट्टी ली और खुद गाँव गए।

भोला खेत में काम कर रहा था। वही भोला जो छह महीने पहले चलने में हाँफता था।

जाँच की। रक्तचाप — सामान्य। साँस — ठीक। थकान — नहीं।

"यह कैसे हुआ? मेरी दवाई तो वही थी।"

भोला ने हकीम जी की झोपड़ी की तरफ़ इशारा किया। "वो बता सकते हैं।"

नीम के पेड़ के नीचे। डॉ. कपूर और हकीम जी आमने-सामने। नीम की कड़वी गंध नीचे लटकी थी — वही गंध जो गाँव की हर शाम में बसी रहती है, तीखी और साफ़, उन चीज़ों की गंध जो धीरे-धीरे ठीक करती हैं।

दो दुनियाएँ। दो तरीके।

"मैं समझना चाहता हूँ। मैंने वही दवाई दी जो आज भी खा रहा है। मेरे पास काम नहीं की। आपके पास कर गई। क्यों?"

हकीम जी मुस्कुराए।

"आपने दिल देखा। मैंने जीवन देखा।"

चुप्पी।

"भोला का दिल कमज़ोर था — सच। पर दिल कमज़ोर क्यों? नींद नहीं। नींद क्यों नहीं? चिंता। चिंता क्यों? कर्ज़। कर्ज़ क्यों? बेटे की शादी, फसल का नुकसान।"

"आपने आखिरी कड़ी पकड़ी — दिल। मैंने पहली कड़ी पकड़ी — कर्ज़।"

डॉ. कपूर कुछ देर चुप बैठे। उनके हाथ घुटनों पर थे — उँगलियाँ आपस में जुड़ीं, खुलीं, फिर जुड़ीं।

"तो मुझसे क्या छूट गया?"

"बेटा, आपने जो देखना सीखा — वही देखा। जो नहीं सीखा — वो नहीं दिखा।"

डॉ. कपूर उठे। दरवाज़े तक गए।

हाथ काँप रहे थे। उन्होंने हाथ जोड़ लिए। स्थिर किया।

दरवाज़े पर रुके। बाहर — भोला खेत में था, कुदाल चला रहा था। कमला उसे पानी दे रही थी। दोनों किसी बात पर हँस रहे थे। भोला की साँसें आसानी से चल रही थीं, पीठ सीधी।

कपूर ने ये हिस्सा कभी नहीं देखा था। बाद का। बीस साल में मरीज़ या तो ठीक होते थे (चार्ट में एक लकीर) या नहीं (रेफरल फ़ॉर्म)। कभी दरवाज़े पर खड़े होकर नहीं देखा था कि ठीक होने के बाद ज़िंदगी कैसी दिखती है।

हाथों का काँपना रुक गया।

पीछे मुड़े। आँखें झुकी थीं।

"क्या मैं फिर आ सकता हूँ?"

हकीम जी ने सिर हिलाया। "जब चाहो।"

डॉ. कपूर चले गए। गाँव की पगडंडी पर, जहाँ घास पैरों के नीचे गीली थी और धूल में उनके अपने कदमों की आवाज़। हर कदम पिछले से धीमा था, जैसे उन लोगों की चाल होती है जो किसी भारी चीज़ को ले जा रहे हों।

उस शाम, हकीम जी की झोपड़ी के पास, एक और आदमी बैठा था — विक्रम।

वो सड़कों का सर्वे करने आया था। पर पिछले कुछ दिनों में कुछ और ही देखा।

पहले बाँबी — जहाँ लाख चींटियों ने बिना किसी इंजीनियर के महल बना दिया।

अब ये डॉक्टर — जो इतना जानता था, पर इतना कम देख पाया।

डॉ. कपूर के काँपते हाथ दिमाग़ से जा नहीं रहे थे। विक्रम ने अपने भरोसे के बारे में सोचा — समीकरण, नक्शे, नदी देखो तो बस लोड-बेयरिंग कैपेसिटी दिखे। पंद्रह साल से अपने ही कुएँ में था। आरामदायक। सजा हुआ। पर कुआँ।

सुनीता का चेहरा सामने आया — पत्नी, पिछले हफ़्ते फ़ोन पर। "तुम यहाँ होकर भी कहीं और होते हो।" उसने कुछ कहा था — काम का दबाव। उसने कुछ नहीं कहा। वो कुछ न कहना बुरा था।

पर क्या उल्टा भी सच है? अगर कोई सब कुछ जानता हो — तो क्या वो बेहतर देख पाएगा?

पात पात जल डारिए — मूल रही प्यासान।
मूल सींचे माली रे — पात भए हरियान॥

संग्राहक का जाल

कल डॉक्टर की कहानी थी — जो बहुत गहरा जानता था, पर जीवन नहीं देख पाया।

आज विक्रम ने उसका उल्टा देखा।

ढाबी टेक सिंह में उन दिनों एक और कहानी चल रही थी।

प्रकाश गाँव का सबसे होनहार लड़का था।

ज़िले में अव्वल। छात्रवृत्ति। शहर के कॉलेज में पढ़ाई। जब गर्मियों में घर आता, लोग उसे ऐसे देखते जैसे कोई नायक आया हो।

"हमारे गाँव का लड़का — बड़ा आदमी बनेगा।"

और प्रकाश को भी यह पता था।

उसके कमरे में किताबों के ढेर थे — इतिहास, अर्थशास्त्र, कानून, दर्शन। गांधी, आंबेडकर, मार्क्स, एडम स्मिथ — सबके उद्धरण ज़ुबानी। गाँव वाले उसके पास समस्याएँ लेकर आते — "प्रकाश बेटा, पढ़ा-लिखा है, समझेगा" — और प्रकाश समझाता, बड़े-बड़े शब्दों में। लोग सिर हिलाते, चले जाते। समझ में आया या नहीं — कौन बताए।

अपनी दादी से भी वो ऐसे ही बात करता: "आप नहीं समझोगी दादी। पेचीदा है।"

दादी मुस्कुरातीं और चुप रह जातीं। वो हकीम जी की बहन थीं — दोनों ने ज़िंदगी से वो सीखा था जो किताबों में नहीं मिलता।

एक दिन सरपंच प्रकाश के घर आए।

"बेटा, एक मुसीबत है। तू पढ़ा-लिखा है, शायद हल निकाल सके।"

दो परिवार — शर्मा और यादव — एक कुएँ पर लड़ रहे थे। कुआँ दोनों के खेतों की सीमा पर। दोनों कहते — "कुआँ हमारा है।"

पंचायत में बैठक हुई, चिल्लाहट हुई। लगभग हाथापाई। कोई हल नहीं।

"तू आ जा बेटा। तेरी इज़्ज़त है। शायद सुन लें।"

प्रकाश को लगा — यह तो आसान है। किताबों में सब पढ़ा है — मालिकी के क़ानून, पानी के हक़, झगड़ा सुलझाने के तरीक़े। अब दिखाता हूँ।

कुएँ के पास दोनों परिवार। बीच में प्रकाश — कॉपी हाथ में।

"देखिए," प्रकाश ने शुरू किया। "जॉन लॉक ने कहा था — जो ज़मीन पर मेहनत करे, उसका हक़। अगर ज़मीन की हदें तय हों, तो दोनों पक्ष बात करके बाँट सकते हैं..."

शर्मा जी ने यादव जी को देखा। "ये लॉक कौन है?"

"कोई अंग्रेज़ होगा।"

यादव जी खड़े हो गए। "ये कौन सी भाषा बोल रहा है? पागल है क्या?"

शर्मा जी भी खड़े हुए। "चलो, कचहरी में बात करेंगे। यहाँ कोई नहीं समझता।"

दोनों परिवार चले गए — पहले से ज़्यादा नाराज़।

प्रकाश खड़ा रह गया। कॉपी हाथ में। जवाब मुँह में। पर कोई सुनने वाला नहीं।

उस शाम प्रकाश आँगन में बैठा था। सिर हाथों में।

दादी चाय बना रही थीं। चुपचाप देख रही थीं।

"क्या हुआ बेटा? मामला नहीं सुलझा?"

प्रकाश भड़क गया। "ये लोग सुनते ही नहीं! मैंने सब बताया — क़ानून, अर्थशास्त्र, नीति। पर इन्हें कुछ समझ में नहीं आता। अनपढ़ हैं।"

दादी ने चाय दी। कुछ नहीं बोलीं।

दादी कुएँ की तरफ़ निकलीं। प्रकाश पीछे-पीछे।

कुआँ पुराना था — पत्थर की मुंडेर काई से काली, रस्सी घिसी हुई, नीचे से सीलन की गंध उठती। दोनों परिवार फिर थे। चेहरे तने। बातचीत बंद।

दादी कुएँ की मुंडेर पर बैठ गईं। चुपचाप।

"दादी? आप यहाँ?"

दादी ने शर्मा जी को देखा।

"बेटा, तुम्हारी बहू कब से बीमार है?"

शर्मा जी चौंके। "आपको कैसे पता?"

"कल से पानी भरने नहीं आई। परसों भी नहीं। चेहरा पीला था पिछली बार।"

चुप्पी।

दादी ने यादव जी को देखा।

"तुम्हारे बेटे की नौकरी लगी?"

यादव जी का चेहरा बदल गया। "नहीं दादी। छह महीने से बेकार बैठा है।"

दादी ने दोनों को देखा।

"कुआँ कितने साल पुराना है?"

दोनों ने एक-दूसरे को देखा। "चालीस... शायद पचास साल।"

"और इन पचास सालों में पहली बार झगड़ा। क्यों?"

सन्नाटा।

"कुआँ वही है। तुम बदल गए।"

"शर्मा के घर में बीमारी है। पैसे की तंगी। यादव के घर में बेटा खाली है। इज़्ज़त की चिंता।"

"दोनों घरों में आग लगी है। और तुम कुएँ पर लड़ रहे हो।"

एक पल सन्नाटा। फिर यादव जी खड़े हो गए। चेहरा सख़्त।

"बुढ़िया, तू क्या जाने हमारा दर्द?"

दादी ने उसकी आँखों में देखा। हिलीं नहीं।

"बेटा, मैंने अपना बेटा गँवाया था। तब तुम दूध पीते थे।"

यादव जी बैठ गए। जैसे हवा निकल गई।

शर्मा जी की आँखें भर आईं।

"कुआँ तुम्हारी लड़ाई का कारण नहीं है, बेटा। बहाना है।"

कुछ देर कोई नहीं बोला।

फिर शर्मा जी ने यादव जी को देखा — पहली बार बिना गुस्से के।

"भाभी की तबीयत कैसी है?"

यादव जी बोले: "मेरे साले के पास काम है शहर में — बेटे को भेजोगे?"

कुएँ का झगड़ा कहीं खो गया। कोई फैसला नहीं। बस — ख़त्म।

प्रकाश दूर खड़ा देख रहा था। कॉपी एक हाथ में लटकी — खुली, बेकार।

उस शाम प्रकाश दादी के पास बैठा।

"आपने ऐसा कैसे किया?"

"क्या किया मैंने?"

"मैंने इतना बताया — कुछ नहीं हुआ। आपने तीन सवाल पूछे — सब ख़त्म।"

दादी मुस्कुराई। कुछ नहीं बोलीं।

फिर उन्होंने ज़मीन से मुट्ठी भर रेत उठाई। हाथ खोला — रेत गिरी, बिखर गई। फिर पानी लिया, रेत में डाला, मुट्ठी बाँधी — रेत ठहर गई।

"तेरे पास रेत बहुत है, बेटा। पानी कहाँ है?"

प्रकाश भीगी रेत को देखता रहा — उसकी मुट्ठी में जो ठहरी थी और दादी की खाली हथेली में जो सूखी थी। सूखी रेत गिरती है। भीगी ठहरती है। इतना आसान था और इतना बेरहम कि पूछने की ज़रूरत नहीं थी।

उस रात, चाय की दुकान पर, विक्रम ने ये पूरी कहानी सुनी।

रेत रेत जो जोड़िए — ढेर रहा बेकार।
पानी पड़ते थिर बने — उठी तभी दीवार॥

तारे निकल आए थे। विक्रम उठा और बरगद की तरफ़ चल दिया — जहाँ दादा बैठते थे।

दादा वहीं थे — पीठ छाल से टिकी, वो जगह जो सालों की टेक से चिकनी हो गई थी।

"दादा, अगर गहरा देखना ग़लत है, और फैलाकर देखना भी ग़लत है — तो सही तरीके से देखना क्या है?"

दादा ने चाय का कप रखा। उठे।

"चल। कुछ दिखाता हूँ।"

गाँव के बीचोबीच एक और बरगद था — दादा वाले से भी पुराना।

पर कुछ गड़बड़ था।

पत्ते पीले। कुछ डालियाँ सूखी। छाल उतर रही थी।

पेड़ के इर्द-गिर्द लोग जमा थे। बहस हो रही थी।

रघु किसान: "पानी कम है।"
हकीम जी का चेला: "रोग है।"
पंडित जी: "दोष है।"
मास्टर जी: "बच्चे पत्थर मारते हैं।"
सरपंच: "काट दो।"

भीड़ में से एक बूढ़ी औरत आगे आई — विक्रम ने उसे पहले नहीं देखा था। उसने छाल पर हाथ रखा। धीरे से। जैसे किसी बीमार को छूते हैं।

"मेरे आदमी ने यह पेड़ लगाया था। साठ साल पहले। जिस साल पहला बेटा हुआ।"

आवाज़ ठहरी हुई थी। पर हाथ काँप रहा था।

"वो गए। बेटा गया। बस यह पेड़ बचा है उनका।"

सन्नाटा। सरपंच भी नीचे देखने लगे।

"काटो मत। पता करो क्या हुआ।"

हर कोई अपनी बात पर अड़ा। हर कोई सही। पेड़ मर रहा था।

दादा खड़े देख रहे थे। चुपचाप।

फिर विक्रम की तरफ़ मुड़े।

"बेटा, तू क्या देखता है?"

"एक मरता हुआ पेड़।"

"और?"

"और... यही।"

दादा ने सिर हिलाया।

"यही तो दिक्कत है। तू एक आँख से देख रहा है।"

"एक आँख?"

"सात आँखों से देख। तब पूरा दिखेगा।"

"सात आँखें?"

दादा ने पेड़ की तरफ़ देखा। फिर विक्रम की तरफ़।

"**तंत्र** — सब कैसे जुड़ा है। **व्यवहार** — इंसान क्या करता है, और क्यों।"

उन्होंने और उँगलियाँ उठाई — पर नाम नहीं दिए।

"कुल सात। पर नाम देना देखना नहीं है। बाकी तू ख़ुद ढूँढेगा — हर एक तब खुलेगी जब ज़रूरत होगी।"

दादा ने पेड़ को आख़िरी बार देखा।

"चल। इसे बाद में बचाएँगे। पहले तुझे देखना सिखाना है।"

वे बरगद की तरफ़ लौटे।

वो बरगद के नीचे बैठ गए। रात गहरी हो गई थी। सात आँखें। हर एक अलग। सवाल ख़ुद से उठा, बिना माँगे।

"जो इस तरह देखता है — उसे क्या कहते हैं?"

दादा की आँखें चमक उठीं।

"पुराना शब्द है — *बहुज्ञ*। जो बहुत जानता है — और जोड़कर जानता है।"

विक्रम ने धीरे से सिर हिलाया।

"तू इंजीनियर है," दादा ने कहा। "एक आँख तेरे पास है — तकनीक की।"

"बाकी छह सीखनी होंगी।"

"सीखेगा?"

विक्रम ने गाँव को देखा। तारों को देखा। उस मरते पेड़ की तरफ़ देखा जो अब उसे पूरा दिख रहा था — सिर्फ़ पेड़ नहीं, सात टुकड़ों वाली पहेली।

"हाँ।"

"अच्छा। कल से शुरू करेंगे।"

"कहाँ से?"

"जहाँ से सब शुरू होता है — **तंत्र** से। पहले सीख कि सब कैसे जुड़ा है। फिर बाकी आसान हो जाएगा।"

बगुले कहाँ गए

रामू की जाल धूप में सूख रही थी। तीन हफ़्ते — एक मछली नहीं।

विक्रम दादा के साथ तालाब की तरफ़ चल रहा था।

पानी के करीब हवा बदली — एक गाढ़ी, मीठी सड़ांध। तालाब से ऐसी गंध आ रही थी जैसे कोई ज़िंदा चीज़ मरने लगी हो।

तालाब के किनारे रामू बैठा था, सिर झुकाए। तीन पीढ़ियों का तालाब।

पास में एक लड़का बैठा था — बारह साल का शायद, बालों में मिट्टी, आँखों में वो ठहराव जो उन बच्चों में होता है जो बोलने से पहले देखते हैं। "सूरज, घर जा," रामू ने बिना देखे कहा। लड़का हिला नहीं।

"क्या हुआ, रामू?"

आँखों में थकान थी, गुस्सा भी। पर उसके नीचे — कुछ और। एक आदमी की नज़र जो अपनी विरासत घुलते देख रहा हो।

"बगुले खा गए, दादा। सब खा गए।"

किनारे पर खड़े बगुलों की तरफ़ इशारा। उसका हाथ काँपा — उम्र से नहीं, उस मेहनत से जो किसी चीज़ की तरफ़ इशारा करो जो ठीक नहीं हो सकती।

"रोज़ आते हैं। दस-बीस उठा ले जाते हैं। अब कुछ बचा नहीं।"

गाँववाले जमा हो गए। सब सहमत।

"मारो।" "जाल लगाओ।" "सरकार को बोलो।"

विक्रम ने देखा — लंबी गर्दन, नुकीली चोंच। एक ने झपट्टा मारा। पानी फटा। चोंच में मछली — एक पल, बस। इतनी सफ़ाई कि क्रूरता भी कला लगे।

ऊपर एक डाली पर कौआ बैठा था। सब देख रहा था। कुछ नहीं देख रहा था।

"दादा, ये तो सच कह रहे हैं। देखो, सामने हो रहा है।"

दादा ने कुछ नहीं कहा। बस पानी को देखते रहे। थोड़ी देर बाद पूछा:

"रामू, बगुले कब से आते हैं?"

"जब से याद है। दादा के वक़्त से।"

"और मछलियाँ?"

"हमेशा से।"

दादा ने विक्रम को देखा।

"सुना? बगुले भी पुराने, मछलियाँ भी पुरानी। दोनों साथ रहते थे। तो अब क्या बदला?"

"मौसम।" उसने आत्मविश्वास से कहा — जैसे बोर्डरूम में प्रेजेंटेशन देता था। "गर्मी बढ़ी होगी, पानी सूखा, मछलियाँ कम हुईं, बगुलों का खाना ख़त्म।"

दादा ने देखा। नाराज़ नहीं। धीरज से।

"मौसम हमेशा से गर्म है। यहाँ की गर्मी पचास साल से एक जैसी है। पिछले दशक तक मछलियाँ ठीक थीं।"

विक्रम की हवा निकल गई। मौसम। सीधा। ग़लत।

"तो मुझे नहीं पता," उसने धीरे से कहा। और यह कहना — मानना — किसी समीकरण से मुश्किल था।

"अच्छा," दादा ने कहा। "अब देखने को तैयार है।"

"चलो। तालाब का चक्कर लगाते हैं।"

तालाब के किनारे-किनारे चलने लगे।

फ़ोन बजा। सुनीता: *'तेरी ड्राफ़्टिंग टेबल स्टोर में रख दी। जगह चाहिए थी।'* वो संदेश पढ़ता रहा। कोई सवाल नहीं। वो पूछ नहीं रही थी कब लौटोगे — वो जगह बना रही थी।

"पानी का रंग देख।"

"हरा है। पहले नहीं था?"

"नहीं था। क्यों बदला?"

"काई?"

"काई इतनी क्यों बढ़ी?"

विक्रम को पता नहीं था।

"छोटी मछलियाँ काई खाती हैं। वो पहले मरीं। काई बेलगाम हो गई।"

"छोटी मछलियाँ पहले क्यों मरीं?"

"क्योंकि वो कमज़ोर होती हैं। ज़हर पहले उन पर असर करता है।"

"ज़हर?" विक्रम रुक गया। "कौन सा ज़हर?"

दादा ने ऊपर की तरफ़ इशारा किया — जहाँ से पानी तालाब में आता था।

"वहाँ देख।"

वे ऊपर चले। खेत शुरू हुए — इस साल कुछ अलग। गर्मी की लहर पौधों के ऊपर काँप रही थी। कहीं एक स्प्रेयर की आवाज़ — पतली, यांत्रिक, जैसे कोई मशीन साँस ले रही हो।

विक्रम रुका। इंजीनियर की आँख — जो उसके पास पहले से थी — काम कर रही थी।

"ये पहले यहाँ नहीं था। ये कपास है।"

दादा चुप रहे।

विक्रम झुका। दो पौधों के बीच की मिट्टी छू ली। उँगलियाँ चिकनी हो गईं। खड़ा हुआ, नीचे की ओर मुड़ा — ढलान को उसी तरह पढ़ रहा था जैसे नक्शे पर ड्रेनेज लाइन खींचता।

"कपास को गेहूँ से ज़्यादा कीड़ा लगता है। ज़्यादा कीड़ा, ज़्यादा दवाई।" उसने उँगलियाँ पतलून पर पोंछीं। हवा में वो रासायनिक धार — हल्की, मीठी, ग़लत — अब पढ़ी जा सकती थी। "बारिश में ये दवाई ढलान से बहकर तालाब में जाती है। ज़हर पहले छोटी मछलियों को मारता है — जो काई खाती हैं। बिना उनके, काई उबल पड़ती है। पानी हरा हो जाता है। बड़ी मछलियाँ कमज़ोर पड़ती हैं।"

उसने पानी के किनारे खड़े सफ़ेद पंछियों को देखा।

"बगुले तो बस वो खा रहे हैं जो एक मर रहे तंत्र में बचा है।"

एक बगुला उड़ा — सफ़ेद पंख, हरे पानी पर छाया।

चुप्पी। अपनी आवाज़ उसे अजीब लगी — इसलिए नहीं कि शब्द ग़लत थे, बल्कि इसलिए कि उसने कभी अपनी इंजीनियरिंग बुद्धि को किसी ज़िंदा चीज़ पर नहीं लगाई थी।

पेड़ की छाँव में बैठे। दादा ने मिट्टी में उँगली से एक लकीर खींची — एक शब्द से दूसरे तक। दिल्ली। कपास। कीटनाशक। बारिश। तालाब। मछली। काई। बगुले।

गोला बनाया। फिर पहले शब्द पर उँगली रखी। *दिल्ली।*

"धागा तो तूने पकड़ा। पर बीच से। कपास क्यों? अभी क्यों?"

विक्रम ने सोचा। "सरकारी योजना? अच्छा दाम — सबने बदल दिया।"

"और योजना कहाँ से आई?"

"दिल्ली।"

विक्रम ने गोले को देखा। हर कड़ी वो चीज़ थी जो पिछले एक घंटे में देखी थी। पर पहली कड़ी — जहाँ से सब शुरू हुआ — वो हज़ार किलोमीटर दूर थी, एक ऐसे कमरे में जहाँ उन आदमियों ने फ़ैसला किया कि इस तालाब के ऊपर क्या उगे — जिन्होंने ये तालाब कभी देखा नहीं।

कुछ ठंडा गुज़रा अंदर से। वो उन कमरों को जानता था। बैठा था उनमें। कृषि नहीं — इंफ्रास्ट्रक्चर। पर ढाँचा वही। मुंबई में कॉन्फ्रेंस टेबल, स्क्रीन पर हाईवे की लाइन, नदी को "ड्रेनेज बाधा" लिखा हुआ। उसने ऐसी योजनाओं पर दस्तख़त किए थे जो पानी का रास्ता बदलती थीं, खेतों से गुज़रती थीं, तय करती थीं कहाँ क्या उगे — और एक बार भी उस धागे को आगे तक नहीं पकड़ा। एक बार भी नहीं पूछा: तालाब का क्या होगा?

उसने हरे पानी की तरफ़ देखा। बगुलों की तरफ़। ऊपर कपास के खेतों की तरफ़।

मैं पहली कड़ी हूँ। हमेशा से था।

विक्रम ने पूछा: "तो बगुलों को मारने से कुछ नहीं होगा?"

"कुछ नहीं। नए बगुले आ जाएँगे। बगुले न भी आएँ — ज़हर तो रहेगा।"

"तो क्या करें?"

दादा चुप रहे। सवाल हवा में लटका रहा।

"अगर ज़हर वहाँ से शुरू होता है — तो यहाँ बगुलों को मारने से कुछ नहीं होगा।" विक्रम ने धीरे से कहा। "हमें कुछ बदलना होगा... वहाँ। जहाँ शुरू होता है।"

दादा ने सिर हिलाया। और कुछ नहीं।

शाम हो गई। वापस तालाब की तरफ़। वही हरा पानी — पर अब अलग दिख रहा था।

बगुले अभी भी थे। पर अब दुश्मन नहीं लग रहे थे — बस एक तस्वीर का हिस्सा, जो बहुत बड़ी थी।

बाहर ढूँढे दोष सब — भीतर देखे कोय।
तेरा ही सब खेल रे — औरन दोष न होय॥

रघु ने क्या देखा

विक्रम सुबह जल्दी उठा।

दूर कहीं कुछ जल रहा था — पराली का धुआँ, नहर के पार किसी खेत से बहता हुआ। पिछले मौसम को साफ़ करने की तीखी मिठास।

कल की बात दिमाग़ में घूम रही थी — तालाब, बगुले, कपास, ज़हर। एक धागा जो दिल्ली से शुरू होकर मछली तक पहुँचा।

दादा बरगद के नीचे नहीं थे।

"दादा कहाँ?"

एक बच्चे ने बताया: "रघु चाचा के खेत में। झगड़ा हो रहा है।"

विक्रम भागा।

खेत के किनारे भीड़। बीच में दो आदमी — रघु और उसका छोटा भाई मोहन।

दोनों चिल्ला रहे थे।

"तूने मेरी ज़मीन पर पानी मोड़ दिया!"

"तेरी ज़मीन? बाप की ज़मीन थी, आधी मेरी!"

"तू कभी आया? बीस साल शहर में बैठा, अब आया ज़मीन बाँटने!"

गाँव वाले बीच में थे — कुछ रघु की तरफ़, कुछ मोहन की।

दादा एक पेड़ के नीचे खड़े थे। चुपचाप देख रहे थे।

विक्रम दादा के पास पहुँचा। पर रुका नहीं।

कल का सबक़ अभी भी जल रहा था — तंत्र। जुड़ाव ढूँढो। धागा पकड़ो।

वो आगे बढ़ गया। भीड़ में।

"भाइयो — रुको। सुनो। यह पानी का मसला नहीं है।"

दोनों मुड़े। रघु का चेहरा लाल। मोहन का जबड़ा कसा हुआ।

"मैं देख रहा हूँ कि चीज़ें कैसे जुड़ी हैं। तुम्हारे खेत एक ही नहर से जुड़े हैं। अगर मिलकर काम करो — दोनों को ज़्यादा पानी मिलेगा। मुझे दिखाने दो —"

वो घुटनों के बल बैठा। मिट्टी में लकीरें खींचने लगा। इनपुट, आउटपुट, साझा संसाधन।

मोहन ने नक्शा देखा। फिर विक्रम को।

"ये कौन है?"

"कोई शहर का इंजीनियर," रघु ने थूककर कहा। "मिट्टी में लकीरें खींच रहा है जबकि मेरा खेत सूख रहा है।"

मोहन हँसा — कड़वी हँसी। "कम से कम एक बात पर सहमत हैं। इस बाहर वाले को कुछ नहीं पता।"

एक पल के लिए दोनों भाई एक हो गए — विक्रम के ख़िलाफ़।

विक्रम धीरे से उठा। घुटनों पर मिट्टी। चेहरा जल रहा था।

वो पेड़ के पास लौट आया। कुछ नहीं बोला। घुटनों पर मिट्टी सूख रही थी और चेहरा जल रहा था।

दादा हिले नहीं थे। "दादा — मैंने तंत्र की आँख लगाई। काम नहीं किया।"

"बिल्कुल काम किया। तूने पानी का तंत्र देखा। पर उन्हें नहीं देखा।"

फिर, धीमे: "मुझे पहले बताना चाहिए था। यह मेरी ग़लती थी — तुझे सिर्फ़ एक आँख देकर भेज दिया।"

"मतलब?"

जवाब नहीं। बस देखते रहे।

झगड़ा और तेज़ हुआ। पुरानी बातें निकलीं — बचपन की, शादी की, बाप की मौत की।

फिर मोहन ने कुछ कहा जो तीर की तरह लगा:

"तू हमेशा से बाप का चमचा था। मुझे तो उन्होंने कभी देखा ही नहीं।"

रघु का चेहरा बदल गया। गुस्से से कुछ और — दर्द?

एक पल के लिए दोनों चुप।

फिर रघु ने थूक दिया और चला गया।

भीड़ छँट गई।

दादा ने इशारा किया — चलो। वे चलने लगे।

"तूने क्या देखा?"

"दो भाई झगड़ रहे थे। ज़मीन के लिए।"

"और?"

"पानी का मसला था। रघु ने नहर बदली, मोहन का खेत सूख गया।"

दादा रुके। "यह तो ऊपर की बात है। तंत्र की आँख से देखा — क्या जुड़ा है, क्या हुआ। पर **क्यों** हुआ?"

चुप्पी।

"रघु ने नहर क्यों मोड़ी?"

"अपने खेत के लिए?"

"सच में?"

वे एक पुरानी हवेली के पास पहुँचे। कभी बड़ी थी — अब खंडहर।

"यह किसकी थी?"

"रघु-मोहन के दादा की। ज़मींदार थे।"

दीवार पर एक पुरानी तस्वीर — चार लोग। एक बूढ़ा, एक अधेड़, दो बच्चे।

"यह दादा। यह बाप। यह रघु — बड़ा। यह मोहन — छोटा।"

"इस घर में एक नियम था — **बड़े बेटे को सब मिलता है।**"

"पुराना रिवाज़। ज़मींदारों में आम। बड़ा वारिस, छोटा नौकर।"

विक्रम ने तस्वीर देखी। छोटे मोहन की आँखों में कुछ था — उदासी? गुस्सा?

"मोहन बचपन से देखता रहा — बाप रघु को गले लगाते, खेत में ले जाते, सिखाते। वो बस देखता था।"

"जब बाप मरे, ज़मीन बँटी — क़ानून के हिसाब से। पर रघु को लगा: **मेरी** ज़मीन बँट गई।' मोहन को लगा: **आख़िर** मिली।'"

"जो झगड़ा तूने देखा — वो पानी का नहीं था। वो **पचास साल पुराना** था।"

बाहर आए। धूप तेज़। दादा ने ज़मीन पर बैठते हुए कहा:

"व्यवहार की आँख यह सिखाती है: **जो दिखता है वो वजह नहीं।**"

"रघु ने नहर मोड़ी — यह दिखा। पर **क्यों**?"

"क्योंकि वो मोहन को सज़ा देना चाहता था। मोहन जो बीस साल शहर में रहा — जबकि रघु खेतों में पसीना बहाता रहा।"

"रघु को लगता है: 'मैंने बाप की सेवा की। मैंने ज़मीन सँभाली। अब ये आकर हिस्सा माँग रहा है?'"

"मोहन को लगता है: 'मुझे कभी कुछ नहीं मिला। यह मेरा हक़ है।'"

"दोनों अपनी जगह **सही** हैं। दोनों के पास **कहानी** है। दोनों की कहानी **अधूरी** है।"

दादा ने मिट्टी में तीन लकीरें खींचीं।

"रघु ने क्या किया?"

"नहर मोड़ी।"

दादा ने सबसे ऊपर वाली लकीर पर उँगली रखी।

"क्यों?"

"क्योंकि उसे लगता है ज़मीन उसकी है।"

दादा ने बीच वाली लकीर पर उँगली रखी।

"और उसके नीचे?"

विक्रम चुप रहा। फिर: "बाप। बचपन। ये एहसास कि उसने सब दिया और मोहन ने कुछ नहीं।"

दादा ने सबसे नीचे वाली लकीर पर उँगली टिकाई। कुछ नहीं बोले।

विक्रम ने मिट्टी में तीन निशान देखे। दिखता है। सोचता है। महसूस करता है। दादा को नाम नहीं देने पड़े। भाईयों ने पहले ही दिखा दिया था।

चलते हुए दादा ने कहा:

"हर आदमी किसी चीज़ से देखता है। रघु एक नज़र से। मोहन दूसरी नज़र से। तू अपनी।"

"तो कौन सी नज़र सही है?"

दादा मुस्कुराए।

"यही तो बात है। **कोई नहीं।** और **दोनों।**"

"सवाल ये है — **तुझे पता है तू किस नज़र से देख रहा है?**

दो भाई एक खेत में — दो अलग लड़ाई।
कोई ग़लत नहीं यहाँ — बस नज़र जुदाई॥

तालाब पर वापस। पानी अभी भी हरा।

"कल तूने तंत्र देखा — बगुले से दिल्ली तक। धागे।"

"आज व्यवहार देख — हर आदमी अपनी कहानी में जी रहा है। अपने चश्मे से।"

"किसान को लगता है बगुला दुश्मन है — क्योंकि उसका चश्मा कहता है: 'जो मेरी मछली खाए, वो चोर।'"

"दिल्ली वाले को तालाब दिखता ही नहीं — उसका चश्मा सिर्फ़ 'फ़सल उत्पादन' देखता है।"

"और बगुला?"

दादा हँसे।

"बगुले का चश्मा सबसे सरल है — 'भूख है, मछली है, खाओ।'"

शाम होने लगी।

चुप्पी। तालाब पर एक बगुला उतरा। शांत। अपने चश्मे से — भूख, मछली, बस।

"तो रघु-मोहन का क्या होगा?"

"जब तक दोनों अपना चश्मा नहीं देखेंगे — कुछ नहीं। पानी बँटेगा, फिर झगड़ा। ज़मीन बँटेगी, फिर झगड़ा।"

"पर अगर कोई उन्हें **दिखा** दे...?"

"यही तो काम है। देखने वाले का।"

दादा के घर। चाय का कप।

"कल रघु को बुलाऊँगा। फिर मोहन को। अलग-अलग।"

"क्या बोलोगे?"

"पूछूँगा — 'बचपन में कैसा लगता था?' 'बाप के साथ क्या याद है?'"

"ज़मीन की बात नहीं करोगे?"

"ज़मीन ऊपर की बात है। पहले नीचे जाना होगा।"

"दादा, यह सब आपको कैसे पता?"

खिड़की की तरफ़ देखा। बाहर अंधेरा हो रहा था।

"क्योंकि मैं भी कभी रघु था। और कभी मोहन।"

चुप्पी।

"अपना चश्मा देखना सबसे मुश्किल है, बेटा। दूसरे का दिख जाता है। अपना छुपा रहता है।"

रात। तारे। घर की तरफ़।

चश्मा हर किसी का अपना — दुनिया एक, नज़र अनेक।
अपना चश्मा जो न देखे — वो क्या देखे नेक॥

शाम पड़ रही थी।

विक्रम ने रघु को देखा — खेत के किनारे अकेला बैठा था। बाल्टी से पानी दे रहा था — धीरे-धीरे, हाथ से। नहर बगल में थी, पर इस्तेमाल नहीं कर रहा था।

विक्रम के भीतर कुछ खुला। तीन परतें — ऊपर, सोच, भावना। रघु के चेहरे पर सब दिख रहा था। ये पानी की बात नहीं। बचपन का घाव।

वो चला गया। रघु ने ऊपर देखा। कुछ नहीं बोला।

"रघु भाई — सुबह मुझसे ग़लती हुई। मुझे बीच में नहीं आना चाहिए था।"

रघु कुछ नहीं बोला। पानी देता रहा।

"एक बात बोलूँ? मुझे लगता है ये लड़ाई नहर की नहीं है। ये बाप की बात है।"

रघु का हाथ रुका। बाल्टी तिलक गई। पानी पैरों के आसपास फैला।

"क्या बोला?"

"मतलब — बचपन का दर्द। मोहन अनदेखा रहा, तुम —"

रघु उठा। धीरे। जैसे कोई बहुत पुरानी चीज़ अंदर से उठती है।

"एक हफ़्ता हुआ तुझे इस गाँव में। दादा के नीचे बैठता है। और अब लगता है मेरे बाप को समझता है?"

आवाज़ तेज़ नहीं थी। इससे और बुरा था।

"मेरे बाप ने चालीस साल यह खेत जोता। हर मानसून ख़ून बहाया। मैंने सब लौटाया — रहकर। मोहन भागा। मैं रहा। यही सच है। तेरी *तीन परतें* नहीं।"

बाल्टी उठाई। पीठ मोड़ी।

विक्रम खड़ा रहा। पैरों के गीर्द पानी, मिट्टी में समा रहा।

फिर वही किया था। पहले तंत्र का नक्शा — अब व्यवहार की परतें। दोनों बार, ज्ञान *उनके* बारे में था — ऐसी चीज़ जो ख़ुद में पहचानी नहीं थी।

पेड़ की तरफ़ लौटा। दादा अभी भी बैठे थे।

"वो समझा नहीं जाना चाहता था," विक्रम ने कहा।

दादा ने कुछ नहीं कहा। पर हाथ विक्रम के कंधे पर रखा। हल्का। गरम। फिर हटा लिया।

घर लौटते हुए, सबक़ भीतर मुड़ा — धीरे, जैसे पानी दरार ढूँढ़ता है।

विक्रम ने अपने पिताजी के बारे में सोचा। कैसे उसने कीटनाशकों के बारे में समझाने की कोशिश की — आँकड़ों, ग्राफ़ों, शोधपत्रों से।

पिताजी ने कहा था: "शहर से आया है, तुझे खेती क्या पता?"

आज दो बार रघु हो चुका था — एक बार नहर पर नक्शा लेकर, एक बार खेत पर सिद्धांत लेकर। दोनों बार यकीन था कि एक दिन की सीख दशकों के जीवन से भारी है।

और उस यकीन के नीचे — क्या? *पिताजी ने कभी मुझे किसान की तरह नहीं देखा। तो मैं इंजीनियर बन गया। और अब ग्राफ़ लेकर लौटता हूँ — यह साबित करने कि जाना सही था।*

पहली बार विक्रम ने खुद को देखा — बाहर से।

और थोड़ा हिला।

सबका रोग बताय दे — अपना दिखे न कोय।
वैद जगत का बन फिरे — आप रोगी होय॥

पानी कहाँ है?

विक्रम रात भर ठीक से सोया नहीं।

रघु-मोहन की कहानी घूमती रही। चश्मे। परतें। "हर आदमी अपनी कहानी का क़ैदी।"

और वो आख़िरी बात — अपना चश्मा। आईआईटी इंजीनियर का चश्मा।

सुबह दादा के पास पहुँचा। नीम के नीचे बैठे थे — हवा में नीम की गंध, कड़वी, साफ़, वो गंध जो कहती है कि गाँव ख़त्म हुआ और ज़मीन शुरू हुई।

"दादा, एक बात समझ नहीं आई।"

"कल आपने कहा — हर किसी का चश्मा है। रघु का, मोहन का, मेरा भी।"

"हाँ।"

"पर अगर सबका चश्मा है, तो**सच** क्या है? कौन सही है?"

दादा मुस्कुराए।

वे चलने लगे। गाँव के पुराने कुएँ की तरफ़। रास्ता काँटेदार झाड़ियों के बीच से सँकरा होता गया। सूखे पत्ते पैरों तले चरमराए। हवा में धूल और कुछ खनिज — पुराना पत्थर, गहरा पानी।

"बहुत साल पहले, इसी गाँव में एक कुआँ था। सूख गया था।"

"गाँव वालों ने सोचा — नया कुआँ खोदना है। पर कहाँ?"

उसने उँगलियों पर गिनाया:

"पंडित जी ने कहा: 'पूरब में। शास्त्र कहते हैं।' हकीम ने कहा: 'पश्चिम में। पुराने कुएँ वहीं थे।' सरपंच ने कहा: 'जहाँ सबको सुविधा हो — बीच में।'"

"तीनों के पास तर्क था। तीनों सही लग रहे थे।"

"फिर क्या हुआ?"

दादा कुएँ के किनारे रुके। पत्थर की मुंडेर पर हाथ रखा — धूप से गरम, सौ साल की रस्सियों से चिकनी। विक्रम ने भी छुआ। उँगलियों को खाँचे मिले — गहरे, पत्थर में कटे, सन और रगड़ से, हज़ार सुबहों के पानी खींचने से। दिखते नहीं थे। छूकर पता चलते थे।

"एक बूढ़ा था — किसी ने उसकी नहीं सुनी। वो चुपचाप बैठा रहा। आख़िर में उसने एक सवाल पूछा।"

"क्या सवाल?"

कुएँ के पास पहुँच गए।

"उसने पूछा: **पानी कहाँ है?**"

विक्रम को समझ नहीं आया। फिर — धीरे-धीरे — आया।

"पंडित शास्त्र देख रहा था। हकीम इतिहास देख रहा था। सरपंच सुविधा देख रहा था। **कोई पानी नहीं देख रहा था।**

दादा ने कुछ नहीं कहा। पर उनकी आँखों में था — *अब देख रहा है।*

"तो उन्होंने क्या किया?"

"बूढ़े ने कहा — ज़मीन को देखो। जहाँ घास हरी है बिना पानी दिए — वहाँ नीचे पानी है। जहाँ पेड़ की जड़ें गहरी हैं — वहाँ पानी है।"

"गाँव में घूमकर देखा। एक जगह मिली — न पूरब, न पश्चिम, न बीच। पर वहाँ एक पुराना पीपल था जिसकी जड़ें बीस फ़ीट गहरी थीं।"

"वहाँ खोदा। पानी मिला।"

कुएँ के किनारे बैठे। पानी नीचे चमक रहा था।

"दर्शन की आँख एक और चीज़ सिखाती है — **क्यों के पीछे क्यों पूछना।**" दादा ने पत्थर उठाया, कुएँ में गिराया। छपाक। "एक खेल खेलते हैं। मैं पूछूँगा 'क्यों' — तू जवाब दे। देखते हैं कितनी गहराई तक जाना पड़ता है।"

"रघु ने नहर क्यों मोड़ी?"

"अपने खेत के लिए।"

"क्यों?"

"क्योंकि उसे लगता है ज़मीन उसकी है।"

"क्यों?"

"क्योंकि बाप ने उसे सिखाया — बड़ा बेटा मालिक।"

"क्यों?"

विक्रम रुका। सोचा।

"क्योंकि... ज़मींदारी का रिवाज़?"

"क्यों?"

"क्योंकि... ज़मीन बँटे तो कमज़ोर हो जाती है?"

दादा ने सिर हिलाया।

"अब जड़ मिली। रघु की नहर का मसला **ज़मीन की राजनीति** से जुड़ा है — सैकड़ों साल पुरानी।"

विक्रम कुछ देर चुप रहा। फिर कुछ हिला — वही सहज जो उसे भाइयों की लड़ाई में कूदने पर मजबूर कर चुका था। पर इस बार उसने ख़ुद को पकड़ लिया।

"दादा — क्या मैं कोशिश करूँ?"

"क्या कोशिश?"

"यह — 'क्यों' पूछना। किसी और चीज़ पर।"

उसने अपनी दुनिया के बारे में सोचा। दफ़्तर। पिछले साल का एक प्रोजेक्ट — एक पुल का डिज़ाइन जो तीन बार रिजेक्ट हुआ।

"पुल क्यों रिजेक्ट हुआ?"

ख़ुद जवाब दिया: "क्लाइंट ने ज़रूरतें बदल दीं।"

"क्यों?"

"क्योंकि सरकार ने नियम बदले।"

"क्यों?"

"क्योंकि... एक हादसा हुआ। पुराने तरीके से बने पुल पर।"

"क्यों?"

"क्योंकि पुराने डिज़ाइन में बाढ़ का बोझ नहीं सोचा गया था।"

"क्यों?"

चुप्पी। विक्रम ने अपने हाथों को देखा।

"क्योंकि... हमने तीस साल तक वही डिज़ाइन कॉपी किया बिना पूछे।"

उसने दादा की तरफ़ देखा। "पुल रिजेक्ट इसलिए नहीं हुआ कि क्लाइंट मुश्किल था। रिजेक्ट इसलिए हुआ कि *हमने* कभी नहीं पूछा कि हम ऐसे क्यों बनाते हैं।"

दादा ने सिर हिलाया। कुछ नहीं बोले। पर उनकी आँखों में था — *अब यह आँख तेरी है, मेरी नहीं।*

"तालाब पर करके देखो।"

विक्रम ने आँखें बंद कीं। कड़ी अपने आप खुलती गई — काई, मछली, ज़हर, कीटनाशक, कपास, दिल्ली। तीन दिन पहले चलकर देखा था। अब दिमाग़ में ढलान की तरह उतरती गई।

आँखें खोलीं। दादा उसका चेहरा देख रहे थे।

"बोलने की ज़रूरत नहीं," दादा ने कहा। "मैं देख सकता हूँ कि पहुँच गया।"

वे कुएँ से उठे। वापस चलने लगे। विक्रम का दिमाग़ अभी भी उस धागे पर चल रहा था — दिल्ली, कपास, कीटनाशक, मछली, बगुले। पाँच बार क्यों पूछा। पाँच जवाब मिले। और अब जड़ पता थी।

पर जड़ जानने से तालाब ठीक नहीं हुआ।

"दादा — मैं किसी भी चीज़ को पीछे तक खोल सकता हूँ। पर खोलने से ठीक नहीं होता।"

दादा ने एक खेत की तरफ़ इशारा किया।

"वो देख — सुरेश का खेत। अच्छी फ़सल चाहता है।"

"तो वो पूछ रहा है — क्या करूँ? ज़्यादा खाद? ज़्यादा पानी?"

"अगर दूसरी तरफ़ से पूछे?"

विक्रम ने भौंहें सिकोड़ीं।

"दूसरी तरफ़?"

"ये नहीं कि कैसे कामयाब हो। बल्कि — **फ़सल पक्का ख़राब कैसे होगी?**

"ख़राब?"

"हाँ। गिनाओ — फ़सल कैसे बर्बाद हो सकती है?"

"कीड़े लग जाएँ। पानी न मिले। बाढ़ आ जाए। बीज ख़राब हों। मिट्टी में कमी।"

"बस। अब इन सबसे **बचो**। फ़सल अपने आप अच्छी होगी।"

विक्रम चुप हो गया। फिर — बिना दादा के कहे — उलटा सोच अंदर की तरफ़ मुड़ गया।

मेरी ज़िंदगी पक्का बर्बाद कैसे होगी?

जवाब तेज़ आया। बहुत तेज़।

दफ़्तर में बैठे रहो। ऐसे पुल बनाओ जिनसे कोई लगाव नहीं। इस गाँव में कभी वापस मत आओ। कभी "क्यों" मत पूछो। किसी को कुछ मत सिखाओ। अच्छी पेंशन लो और ख़ाली अहसास।

गला भर आया। क्योंकि वो सूची पहचानी हुई थी। काल्पनिक नहीं थी। यही वो योजना थी जो पंद्रह साल से चल रही थी।

दादा देख रहे थे। कुछ नहीं बोले।

विक्रम ने खेत को देखा। फिर ख़ुद को। बोला नहीं। हाथ काँप रहे थे। जेब में डाल लिए। सुनीता की आवाज़ फिर कानों में गूँजी: *तुम यहाँ होकर भी कहीं और होते हो।*

पंद्रह साल कहीं न होकर इसे करियर बोलना।

कुछ टूटा — सबक़ में नहीं, उसमें।

उल्टा सवाल पूछो तो — जवाब चीर के काटे।
जो ज़िंदगी को पलट दे — वो ज़िंदगी बनाते॥

लंबी छायाएँ। तारे निकलने लगे। कुआँ पीछे रह गया था।

पर विक्रम अभी भी उस बूढ़े के सवाल के बारे में सोच रहा था:

पानी कहाँ है?

घर जाते हुए विक्रम सोचने लगा।

कुआँ। पानी कहाँ है? न शास्त्र, न इतिहास, न सुविधा —**असलियत**।

रघु-मोहन। पाँच क्यों। ज़मीन -- बाप का प्यार -- ज़मींदारी -- सैकड़ों साल पुरानी राजनीति।

और वो ख़ुद?

आईआईटी इंजीनियर। "आँकड़े सब कुछ हैं।" "जो नापा जा सके, वही असली है।"

पर क्या यह **पहला सिद्धांत** है? या **मान्यता**?

उसने ख़ुद से पूछा:

"विक्रम, तू **असल में** क्या खोज रहा है?"

जवाब नहीं आया। पर सवाल बैठ गया।

सब कहें कहाँ खोदिए — पानी बूझे कोय।
ज़मीन से जो पूछ ले — कूप वहीं पर होय॥

तूफ़ान और जुगनू

रात को तूफ़ान आया था।

विक्रम जब सुबह उठा, हवा बदली हुई थी। गीली मिट्टी — वो गंध जिसमें आदमी रुककर नाक से साँस लेता है। खिड़की के बाहर नीम की एक डाल टूटी पड़ी थी। उसकी नंगी लकड़ी काली छाल के बीच सफ़ेद दिख रही थी, और सुबह में उसकी गंध थी — कड़वी, तीखी, जैसी टूटी नीम में हमेशा होती है।

गाँव में हलचल थी। कुछ टूटा, कुछ गिरा, कुछ उड़ गया। कहीं एक टीन की चादर हवा की आख़िरी साँस में खड़खड़ा रही थी।

वो दादा के घर भागा।

दादा बाहर खड़े थे। शांत। मुस्कुरा रहे थे।

"दादा, सब ठीक?"

"हाँ। चल, कुछ दिखाता हूँ।"

गाँव में दो मकान थे — एक के बगल में एक।

पहला — पक्का, ईंट का, सीमेंट, लोहे के सरिए। दूसरा — कच्चा, मिट्टी का, बाँस की छत।

पहला टूटा पड़ा था। दीवारें गिरी, छत उड़ गई।

दूसरा खड़ा था। थोड़ा झुका — पर खड़ा।

विक्रम ने दोनों मकानों को देर तक देखा। कुछ जुड़ रहा था।

गली के आगे, वो मरता बरगद और बुरा हो गया था। तूफ़ान में एक और डाल टूट गई थी — टूटे हाथ की तरह लटक रही थी।

विक्रम रुका। "दादा — बरगद का क्या होगा? किसी को कुछ करना नहीं चाहिए?"

दादा ने पेड़ की तरफ़ देखा। हाथ हिलाया।

"रहने दे। जो पेड़ जिन्दा रहना चाहता है, वो पानी ढूँढ़ लेता है। प्रकृति अपने आप संभल लेती है — यही तो सबक है।"

वो उस आसानी से बोले जैसे सौ मौसम देख चुके हों। जवाब पूरा लगा।

पर विक्रम के पैर नहीं हिले। उसने जड़ों के आसपास की ज़मीन देखी — सूखी, कड़ी, बीस फ़ीट दूर ट्यूबवेल के बोर के निशान। टूटी डाल ऐसे लटक रही थी कि कंधे तन गए। ये प्रकृति अपना काम करती नहीं लग रही थी। ये कुछ और लग रहा था।

मुँह खोला। बंद किया। दादा आगे बढ़ चुके थे।

वो पीछे चल पड़ा। पर पेड़ उसके साथ रहा — कंधों के बीच एक खुजली जो मिटती नहीं थी।

"जो अकड़ा — वो टूटा," उसने धीरे से कहा। "जो झुका — वो बचा।"

दादा ने उसकी तरफ़ देखा। कुछ नहीं बोले। बस सिर हिलाया।

"अच्छा।"

पहली बार विक्रम ने बिना बताए — खुद देख लिया।

विक्रम ने नोटबुक निकाली। हाथ दिमाग़ से पहले चल पड़ा — स्केच, हिसाब। सहारे। नींव में कंक्रीट। कोनों पर लोहे की पट्टियाँ।

"अगर नींव यहाँ मज़बूत करें — और एक रिंग बीम डालें —"

मिट्टी के मकान की बूढ़ी मालकिन बाहर आ गई। उसने विक्रम को स्केच बनाते देखा।

"मेरे पति के दादा ने ये दीवार बनाई थी।" उसने हथेली दीवार पर रखी। "हर बरसात एक परत मिट्टी की और चढ़ाते हैं। दीवार साँस लेती है। ज़मीन के साथ हिलती है।"

उसने विक्रम के स्केच की तरफ़ देखा। "तुम्हारा सीमेंट इसका गला घोंट देगा। फिर यही दरारें आएँगी जो उस दूसरे मकान में आईं।"

विक्रम ने नोटबुक को देखा। काग़ज़ पर लकीरें और नंबर — उस समस्या का हल जो थी ही नहीं। मिट्टी का मकान टूटा नहीं था। इंजीनियर वाले मकान से ज़्यादा जिया था।

उसने नोटबुक बंद की। चेहरा तप रहा था। एक आईआईटी इंजीनियर — एक ऐसी औरत के सामने रिंग बीम का नक्शा लिए खड़ा जिसने इस दीवार को चालीस साल अपने हाथों से ज़िंदा रखा।

वही ग़लती फिर की थी। डॉ. कपूर ने भोला के दिल के साथ वही किया था — अपने औज़ार पर भरोसा किया, उस ज्ञान के बजाय जो उसके पास नहीं था।

मिट्टी के मकान की छत देखी — बाँस टेढ़े हो गए थे, पर टूटे नहीं।

दादा ने सूखी टहनी उठाई। मोड़ी। टूट गई।

फिर हरी टहनी उठाई। मोड़ी। झुकी, पर टूटी नहीं।

"जो सूखा है, वो अकड़ता है। जो ज़िंदा है, वो झुकता है।"

"तो मज़बूती का मतलब कड़ा होना नहीं?"

"नहीं।"

विक्रम ने गली की तरफ़ देखा। बरगद की टूटी डाल अभी भी दिख रही थी — लटकी, गिरने का इंतज़ार।

"पर बरगद, दादा। वो भी तो ज़िंदा है। और मर रहा है।"

दादा का हाथ — हरी टहनी अभी भी पकड़े — रुक गया।

"चल।"

गाँव के बाहर एक बड़ा खेजड़ी का पेड़ था। तूफ़ान के बाद भी वैसा ही खड़ा — जैसे कुछ हुआ ही नहीं।

"यह खेजड़ी तीन सौ साल पुरानी है।"

विक्रम ने देखा — मोटा तना, छाल में हल जैसी गहरी दरारें। उसने हाथ बढ़ाया। धूप से गरम। उँगलियों के नीचे खुरदरी, उभरी हुई, ज़ख़्मी।

"तीन सौ साल में कितने तूफ़ान आए होंगे?"

"सैकड़ों। सूखा भी। बाढ़ भी। 1899 का अकाल — जब आधा राजस्थान भूखा मरा — यह पेड़ तब भी था।"

दादा ने कहा: "यह पेड़ तूफ़ान से**मज़बूत** होता है।"

"मज़बूत **होता** है? तूफ़ान से?"

"हाँ। जब तूफ़ान आता है, पेड़ हिलता है। जड़ें खिंचती हैं। उस खिंचाव से जड़ें **और गहरी** जाती हैं।"

"जो पेड़ कभी तूफ़ान नहीं झेलता — उसकी जड़ें कमज़ोर रहती हैं। एक दिन गिर जाता है।"

"इंसान कौन सी चीज़ है?"

दादा ने विक्रम के बगल में तने पर हाथ रखा।

"जैसा बनाओ। जो बच्चा कभी गिरा नहीं — एक दिन गिरना तबाह कर देता है। जो गिरा और उठा — उसकी जड़ें गहरी जाती हैं।"

वे वापस चलने लगे जब रोशनी बदलने लगी। विक्रम चुप था। नोटबुक जेब में पत्थर की तरह बैठी थी।

तीन सौ साल, खेजड़ी खड़ी रही। कोई इंजीनियर नहीं। कोई नक्शा नहीं। बस जड़ें अँधेरे में पानी खोजती रहीं।

और बरगद — जिसकी जड़ों से पानी किसी के ट्यूबवेल ने छीन लिया। ये भी प्रकृति थी? या कुछ और?

दादा आगे चले जा रहे थे, गुनगुनाते। निश्चिंत।

अंधेरा होने को था। खेतों के किनारे, कुछ रोशनियाँ झिलमिलाने लगीं।

एक। फिर दो। फिर दस। फिर सैकड़ों। एक साथ जलतीं-बुझतीं, जैसे कोई अदृश्य ताल मिला रहा हो।

विक्रम साँस रोककर देखता रहा।

"दादा, ये कैसे कर रही हैं? कोई बता नहीं रहा — फिर भी एक साथ..."

दादा फुसफुसाए।

"चार अरब साल का शोध। कोई नेता नहीं। कोई नक्शा नहीं। बस — हर जुगनू अपना छोटा काम करती है। और उसमें से —" उन्होंने इशारा किया — "ये।"

वे देर तक चुप बैठे रहे। जुगनुओं ने कुछ नहीं माँगा। कुछ नहीं समझाया। बस जलती रहीं।

तारे निकले। चाँद निकल आया।

रात को विक्रम सोचता रहा।

तूफ़ान। खेजड़ी। मिट्टी का मकान। जुगनू।

आईआईटी से निकला। बड़ी नौकरियाँ। "आधुनिक" जीवन। एसी वाले दफ़्तर।

कितना नाज़ुक बन गया था वो। एक तूफ़ान आए — टूट जाएगा।

और यह गाँव? सैकड़ों साल से खड़ा। तूफ़ान आते रहे, जाते रहे।

शायद "पुराना" होना कमज़ोरी नहीं थी।

शायद वही मज़बूती थी।

पर घर लौटते हुए, बरगद फिर आया। टूटी डाल। ट्यूबवेल की गुनगुनाहट बीस फ़ुट दूर। दादा की आवाज़ — *"जिस पेड़ को जीना है, वो पानी खोज लेगा।"*

पक्का नहीं था। पाँच दिनों में पहली बार — पक्का नहीं था कि दादा सही थे।

"जो अरबों साल से है — उसमें अरबों साल की बुद्धि है।"

बाँस झुके सो बच गया — खम्भा गया बिलाय।
जो झुकना सीखे नहीं — आँधी उसे गिराय॥

वो गाँव जो भूल गया

विक्रम तूफ़ान के बारे में सोचता रहा। खेजड़ी जो झुकी और बची। पक्का मकान जो टूटा। पुराने गाने। सबमें एक बात थी — **समय**।

"दादा — खेजड़ी तीन सौ साल पुरानी है। उससे पहले यहाँ क्या था?"

दादा ने उसकी तरफ़ देखा। कुछ बदला — जैसे इसी सवाल का इंतज़ार था।

"चल। दिखाता हूँ।"

खेतों के पास से गुज़रे। हवा में पराली के धुएँ की तीखी मिठास — किसी ने पिछले मौसम की ठूँठ जला दी थी। अंत की गंध।

गाँव के बाहर एक टीला था। उस पर एक पुरानी दीवार — आधी टूटी, पत्थर की। विक्रम ने छुआ — सतह खुरदरी, धूप से तपी, जैसे कोई ज़िंदा चीज़। छिपकलियाँ दरारों में भागीं। यहाँ हवा की आवाज़ अलग थी — खुली, बिना किसी रुकावट।

उसकी उँगलियों को एक नाली मिली — पत्थर में तराशी, बारिश पकड़ने के लिए तिरछी। ऐसी नालियाँ उसने इंजीनियरिंग में बनाई थीं। किसी ने इस दीवार में पानी के बारे में सोचा था।

"ये क्या है, दादा?"

"ये गाँव था।"

विक्रम चौंका। "गाँव? यहाँ? पर कोई मकान नहीं है..."

"तीन सौ साल पहले था। अब सिर्फ़ ये दीवार बची है।"

दादा ने कहानी शुरू की।

"यहाँ एक गाँव था — समृद्ध, हरा-भरा। नाम था सूरजगढ़।"

"क्या हुआ उसे?"

"सूरजगढ़ में एक कुआँ था — गहरा, मीठा पानी। पूरा गाँव उस पर निर्भर।"

"एक साल बारिश कम हुई। कुएँ का पानी घटने लगा।"

"गाँव वालों ने क्या किया?"

"उन्होंने सोचा — चलो और गहरा खोदते हैं। पानी निकलेगा।"

"और गहरा खोदा। पानी थोड़ा मिला। फिर और गहरा। फिर और।"

"दस साल में कुआँ इतना गहरा हो गया कि पानी निकालना मुश्किल।"

"उन्होंने ग़लत जगह देखा?"

"ग़लत जगह नहीं — **ग़लत समय**।"

"जब पानी कम हुआ — वो दिक्कत दिखी।"

"पर वजह पानी नहीं थी। वजह **पचास साल पुरानी** थी।"

"पचास साल पहले, सूरजगढ़ के लोगों ने जंगल काटा था। खेती बढ़ाने के लिए।"

"जंगल गया तो ज़मीन में पानी रुकना बंद हो गया। बारिश का पानी सीधा बह जाता।"

"धीरे-धीरे — साल दर साल — कुएँ का पानी घटता गया।"

"जब तक दिक्कत दिखी — बहुत देर हो चुकी थी।"

"तो गाँव मर गया?"

"धीरे-धीरे। जो जा सकते थे, चले गए। जो नहीं जा सकते थे..."

दादा ने टूटी दीवार की तरफ़ देखा।

"कुआँ सूखा — यही दिखा सबको। पर जंगल पचास साल पहले कटा था।"

उसने वो दूरी बैठने दी। आधी सदी कारण और नतीजे के बीच।

विक्रम को अपना गाँव याद आया। रसायन। फ़सलें मर रहीं। सब मौसम को कोस रहे।

पर इस बार — उसने दादा का इंतज़ार नहीं किया।

कुछ खुल गया था। लहर। उसे आकार दिख रहा था — वही आकार जो सूरजगढ़ की कहानी में था।

उसने एक डंडी उठाई। धूल में खींचने लगा।

"दादा — मुझे कोशिश करने दो।"

दादा ने भौंह उठाई। कुछ नहीं बोले।

विक्रम ने लकीर खींची:

"हरित क्रांति — चालीस साल पहले। सरकार ने यूरिया दिया। ज़्यादा उपज वाले बीज। रासायनिक कीटनाशक। सबने बदला। फ़सल दोगुनी। लोग ख़ुश।"

एक और कड़ी जोड़ी। "बीस साल बाद — मिट्टी मरने लगी। वही फ़सल के लिए और रसायन चाहिए। ख़र्चा बढ़ा। क़र्ज़ आया।"

एक और। "अब — दस साल बाद — तालाब ज़हरीला। छोटी मछलियाँ मरीं। बगुलों पर इल्ज़ाम। किसान ग़लत चीज़ पर नाराज़।"

वो पीछे हटा। अपनी ही बनाई तस्वीर देखी।

"दिखने वाली वजह — तालाब में कीटनाशक। असली वजह — चालीस साल पहले का फ़ैसला।"

दादा ने तस्वीर देर तक देखी।

फिर: "एक कड़ी छूट गई।"

"कौन सी?"

"हरित क्रांति से पहले — भारत भूखा क्यों था? वो नीति बनी ही क्यों?"

विक्रम रुका। लहर उससे भी पीछे जा रही थी। बँटवारा। अकाल। अंग्रेज़ों की लूट। सौ साल मिट्टी और लोग — दोनों निचोड़े गए।

"चालीस साल से भी पीछे जाती है।"

"हमेशा जाती है।"

विक्रम ने सूरजगढ़ की टूटी दीवार देखी। फिर अपने गाँव की तरफ़ — चूल्हे का धुआँ, हैंडपंप की आवाज़।

"दादा — ये गाँव यहाँ बसा ही क्यों?"

"सोचो। यहाँ क्या है जो और जगह नहीं?"

"नहर?"

"नहर तो सौ साल पुरानी है। गाँव तीन सौ साल पुराना।"

"तीन सौ साल पहले यहाँ एक बड़ा तालाब था। राजा ने बनवाया था।"

"तालाब के किनारे गाँव बसा। पानी था, खेती होती थी, लोग आते गए।"

"फिर तालाब कहाँ गया?"

"वही कहानी। धीरे-धीरे। किसी ने सिल्ट नहीं निकाली। किसी ने जलग्रहण नहीं बचाया।"

"तीस-चालीस साल में तालाब उथला होता गया। जब तक समझे — तालाब खेत बन चुका था।"

"तो गाँव की कहानी — तालाब से शुरू होती है?"

"और उससे पहले — राजा से। राजा ने तालाब क्यों बनवाया?"

"मुझे नहीं पता।"

"क्योंकि उसके दादा ने अकाल देखा था।"

राजा के दादा ने अकाल देखा -- राजा ने तालाब बनवाया -- गाँव बसा -- नहर आई -- रसायन आए -- बगुले गए।

विक्रम ने टूटी दीवार देखी। सूरजगढ़ की भी वही कहानी — पानी, समृद्धि, फिर गिरावट। दो गाँव। एक मरा। एक ज़िंदा।

"दादा — हम बचे क्यों, जबकि सूरजगढ़ मर गया?"

"पानी?" उसने खुद ही जवाब आज़माया।

"पानी तो दोनों जगह था। फिर?"

"हमारे यहाँ बाबा जी का मंदिर है। जहाँ पेड़ नहीं काटते।"

दादा मुस्कुराए। "पवित्र वन।" विक्रम एक बार वहाँ से गुज़रा था — दोपहर में भी घना और अँधेरा, हवा में गीली छाल और सड़ी पत्तियों की गंध। ऐसी चिड़ियों की आवाज़ जिनका नाम नहीं जानता था।

"बाबा जी की कहानी कब शुरू हुई?"

"पता नहीं। बहुत पुरानी..."

"चार सौ साल पहले। किसी संत ने वहाँ समाधि ली थी। उसके बाद से वो जंगल बचा है। कोई काटता नहीं।"

"सूरजगढ़ में ऐसी कोई कहानी नहीं थी?"

"थी। पर लोगों ने भूल दी। फिर काट दिया।"

विक्रम ने पूछा — "पर दादा — सूरजगढ़ में भी पवित्र वन था। हमारे यहाँ भी। दोनों जगह कहानी थी। तो सूरजगढ़ क्यों मरा और हम क्यों बचे? बस किस्मत?"

दादा चुप रहे। हमेशा से ज़्यादा देर।

"मुझे नहीं पता।"

विक्रम चौंका। सात दिन में दादा ने यह शब्द कभी नहीं कहे थे।

"शायद उनका वन छोटा था। शायद कहानी कमज़ोर थी। शायद कुछ और। मुझे नहीं पता।"

उन्होंने टूटी दीवार की तरफ़ देखा।

"हर चीज़ का साफ़ जवाब नहीं होता, बेटे। कभी-कभी इतिहास में ख़ालीपन रहता है। ईमानदारी यह है — ढर्रा दिखता है, पर यह टुकड़ा मेरे पास नहीं।"

क़ानून लिखा काग़ज़ी — हवा उड़ाए रोय।
कथा बसी जो गाँव में — मिटा सके ना कोय॥

विक्रम ने टूटी दीवार की तरफ़ देखा। सूरजगढ़। एक गाँव जो अब नहीं है।

सूरज ढल रहा था। दीवार अँधेरे में गुम हो रही थी।

तीन फ़सलें बर्बाद

दादा बरगद के नीचे बैठे थे। उनके सामने गाँव के चार-पाँच बच्चे बैठे थे।

विक्रम दूर से देखता रहा।

एक बच्चे ने पूछा: "दादा, चींटी इतनी छोटी है। भारी चीज़ कैसे उठाती है?"

"अकेली चींटी नहीं उठाती। मिलकर उठाती हैं।"

"कैसे?"

"चलो दिखाता हूँ।"

दादा ने ज़मीन पर एक रोटी का टुकड़ा रखा।

पाँच मिनट में एक चींटी आई। फिर दूसरी। फिर दस। फिर सौ।

बच्चे मंत्रमुग्ध थे।

"देखा? एक ने बताया — सब आ गए।"

"पर दादा, चींटी बोलती तो नहीं?"

"बोलती हैं। पर अपनी भाषा में। सुगंध की। रास्ता छोड़ती जाती हैं — दूसरी सूँघती जाती हैं।"

बच्चे हँसे। दादा भी।

जब बच्चे चले गए, दादा बिल्कुल स्थिर बैठे रहे।

विक्रम पेड़ की छाया से देख रहा था। एक पल के लिए — जब दादा को पता नहीं था कि कोई देख रहा है — उनका चेहरा बदल गया। पढ़ाने वाली रोशनी बुझ गई। जो बचा वो कुछ पुराना था। थकान, शायद। या फिर उस आदमी का अकेलापन जो वो देखता है जो उसके आसपास कोई नहीं देख सकता — और इतने लंबे समय से देखता आया है कि अब साथ की उम्मीद नहीं रही।

उनका हाथ बगल की जड़ पर टिका था। वो चिकनी जगह। जैसे किसी को ढूँढ रहे हों जो कभी वहाँ बैठा करता था।

फिर उन्होंने ऊपर देखा, विक्रम को देखा, और गर्माहट लौट आई — स्थिर, तुरंत। जैसे कोई बुझा दीया फिर जला दिया गया हो।

विक्रम आया।

"दादा — आपने मुझे इतना उलझाकर बताया। बच्चों को इतना सीधा?"

दादा मुस्कुराए।

"पहले दिन सीधा बता देता — मानता नहीं।"

विक्रम ने सिर हिलाया।

विक्रम को याद आया।

जब उसने पिताजी को रसायनों के बारे में समझाने की कोशिश की थी। आँकड़े दिखाए। ग्राफ बनाया। शोध के काग़ज़ों का हवाला दिया।

पिताजी ने कहा था — "तू शहर से आया है, तुझे क्या पता खेती का?"

"मैंने ग़लत माध्यम चुना था?"

"हाँ। तूने सबूत दिए। उन्हें कहानी चाहिए थी।"

"दादा — कहानी इतनी ज़रूरी क्यों?"

"चल, एक और चीज़ दिखाता हूँ।"

वे गाँव के मंदिर गए। दीवार पर पुरानी तस्वीरें — रामायण के दृश्य। दो सौ साल की काजल और खनिज रंगाई, धुँधली पर स्पष्ट।

"कारीगर का नाम भूल गए। राजा का नाम भूल गए। तारीख़ भूल गए।"

दादा ने धीरे से दीवार छुई, जहाँ हनुमान उड़ रहे थे।

"पर कहानी याद है।"

"जब तू छोटा था — इसमें क्या समझा था?"

"राम अच्छे। रावण बुरा। अच्छाई जीतती है।"

"और अब?"

विक्रम चुप रहा। अब उसे वनवास दिखता था, कर्तव्य, राज्यों के लिए किए गए फ़ैसलों का बोझ।

"कहानी वही है," दादा ने कहा। "तू बदल गया।"

दादा ने कहा:

"कहानी वहाँ चले जहाँ तर्क थक जाए।
एक किस्सा दिल को छू ले — सौ दलील न पाए॥"

वे लौटने लगे। मंदिर पीछे रह गया। घंटी अभी बज रही थी, धीरे-धीरे मद्धम होती हुई। नीचे कहीं हैंडपंप की चरचराहट — एक औरत शाम के खाने के लिए पानी भर रही थी। गाँव की साँस की आवाज़।

विक्रम ने फिर पिताजी के बारे में सोचा।

अगर बगुलों की कहानी सुनाए — शायद सुनें।

अगले महीने का इंतज़ार नहीं करना था।

बाहर निकला। तारे धीमे जल रहे थे — घने, करीब, जैसे दिल्ली में कभी नहीं होते। कहीं एक कुत्ता दो बार भौंका और चुप हो गया। पैरों तले की मिट्टी ठंडी हो रही थी, दिन की गर्मी लौटाते हुए। अँगूठा नंबर पर रुका — तीन साँसें लीं — फिर दबाया। फ़ोन की नीली रोशनी ने उसका चेहरा अजनबी का बना दिया।

पिताजी ने उठाया। लाइन कड़कड़ा रही थी — गाँव के टावर की रेंज इस वक़्त कमज़ोर थी।

"पापा — एक बात कहूँ? रसायन वाली नहीं। एक कहानी।"

चुप्पी। फिर: "बोल।"

"यहाँ एक तालाब है। रामू काका का। उन्हें लगता था बगुले सारी मछली खा रहे हैं। बगुलों को मारना चाहते थे।"

"हूँ।"

"पर बगुले समस्या नहीं थे। ऊपर कपास के खेतों से कीटनाशक पानी में बहकर आया। छोटी मछलियाँ मरीं। काई बढ़ी। बड़ी मछलियाँ मरीं। और बगुले आए — क्योंकि तालाब पहले से मर रहा था।"

लंबी चुप्पी। लाइन गुनगुना रही थी।

"...हमारे ट्यूबवेल का पानी पिछले साल से अलग लगता है।"

लंबी चुप्पी। फिर धीमी आवाज़ में:

"तू समझता है मुझे पता नहीं था? रसायनों के बारे में?"

विक्रम की साँस रुक गई।

"तीन फ़सलें मारीं, बेटा। लगातार तीन। साहूकार चक्कर लगा रहा था। तेरी माँ चाहती थी कि तू अच्छे स्कूल में पढ़े — सरकारी वाले में नहीं जहाँ मास्टर हफ़्ते में दो बार आता है। मुझे पैदावार दोगुना करनी थी वरना ज़मीन जाती। वो साल था जब शुरू किया।"

लाइन गुनगुना रही थी। कहीं अँधेरे में गाय ने आवाज़ दी।

"तेरी स्कूल की फ़ीस। तेरी कोचिंग। तेरा आईआईटी। कहाँ से आया सब? अच्छी मिट्टी से?"

विक्रम ने मुँह खोला। बंद किया। फ़ोन की नीली रोशनी ने उसके हाथ को किसी और का बना दिया।

उसकी इंजीनियरिंग की डिग्री। उसका करियर। इस गाँव में खड़े होकर समस्याएँ बताने की ताक़त — सब उन्हीं रसायनों से उगा था जिन्होंने तालाब में ज़हर घोला।

पिताजी ने पहले फ़ोन रखा। विक्रम अँधेरे में खड़ा रहा देर तक। फ़ोन की स्क्रीन बुझ गई। हाथ उसका आकार पकड़े रहा — एक मुर्दा आयत, कान से सटी।

सुनीता को फ़ोन करने का ख़याल आया। उसका नाम खोजा। आख़िरी मैसेज सुनीता का: *'ड्राफ़्टिंग टेबल स्टोर में रख दी। जगह चाहिए थी।'* उसने कभी जवाब नहीं दिया। उसने कभी दोबारा नहीं पूछा। चुप्पी पहले उसकी ग़ैरहाज़िरी थी जो सुनीता महसूस करती थी। अब सुनीता की थी, जो वो महसूस कर रहा था।

आख़िरी दिन।

नींद नहीं आई थी। पिताजी की आवाज़ घूमती रही — *तीन फ़सलें मारीं, बेटा* — गाय की आवाज़ और मुर्दा फ़ोन लाइन की गूँज में मिलती रही। सुबह सलेटी थी। नीम की गंध भी थकी हुई।

अकेले चलते हुए — दादा रुक गए थे। मंदिर की चढ़ाई से उनकी साँस छोटी हो गई थी, और उन्होंने हाथ हिलाकर विक्रम को भेज दिया: "जा। मैं यहीं बैठता हूँ।" —

विक्रम ने एक आदमी को ट्रैक्टर लात मारते देखा।

"क्या हुआ भाई?"

"पता नहीं। कल तक चल रहा था। आज बंद।"

न दादा। न कोई गुरु। बस विक्रम और समस्या।

विक्रम ने सोचा। आईआईटी में क्या सिखाया था? **ग़लती खोजने का तरीक़ा।**

"भाई — कल से आज में क्या बदला?"

"कुछ नहीं।"

"डीज़ल?" — "भरा है।"

"बैटरी?" — "काम कर रही है।"

"इंजन की आवाज़ आती है?" — "हाँ — पर चलता नहीं।"

विक्रम ने सोचा। आवाज़ आती है — बैटरी ठीक। डीज़ल है — तेल ठीक।

इंजन के पास घुटने टेके। पहले एयर फ़िल्टर जाँचा — निकाला, रोशनी में देखा। ठीक-ठाक।

"अब चलाओ।"

आदमी ने स्टार्ट किया। वही नतीजा। इंजन घूमा पर पकड़ा नहीं।

विक्रम एड़ियों पर बैठ गया। ग़लत जाँच। एयर फ़िल्टर समस्या नहीं थी।

आँखें बंद कीं। इंजन की खाँसी सुनी। साँस की समस्या नहीं। खाने की समस्या।

"तेल इंजन तक पहुँच रहा है?"

"तेल की नली देखो।"

आदमी ने देखा। नली में हवा अटकी थी।

निकाली। ट्रैक्टर चल पड़ा।

आदमी ने पीठ ठोकी। "इंजीनियर के बदले मैकेनिक बनता तो अच्छा था!"

विक्रम ने हाथ पतलून पर पोंछे। उँगलियों पर काली ग्रीस। एक रुकी हुई नली — साफ़ कारण, साफ़ हल। उन सवालों जैसा नहीं जिन्होंने रात भर जगाए रखा।

शाम को दादा को बताया।

"आज एक ट्रैक्टर ठीक किया।"

"कैसे?"

"एक-एक क़दम जाँचा। पहले ग़लत जाँची। फिर रुकावट मिली।"

"आज आपकी ज़रूरत नहीं पड़ी।"

दादा मुस्कुराए। "लगभग नहीं पड़ी।" रुके। "बाकी तो बात ही यही है।"

"विक्रम — तूने छह आँखें सीखीं। कोई एक ढर्रा दिखा?"

विक्रम सोचने लगा।

"हर आँख में... कुछ एक-सा है..."

"क्या?"

"हर आँख कहती है — **जो दिखता है, वो असली नहीं।**

दादा रुके। लंबी देर खड़े रहे। फिर विक्रम के कंधे पर हाथ रखा — जैसे किसी को ठहराते हैं जिसने अभी-अभी अपना संतुलन पाया हो।

"दादा — कल जाना है।"

"पता है।"

"इन सब में से क्या याद रहेगा?"

दादा कुछ देर चुप रहे।

"तथ्य नहीं। आँकड़े नहीं। **देखने का तरीक़ा।** आँखें एक बार खुलें तो बंद नहीं होतीं।"

वे घर लौटे।

विक्रम ने खेतों को देखा। मरते बरगद को देखा। तारों को देखा।

सात दिनों में ये गाँव बदल गया।

नहीं — गाँव वही था। विक्रम बदल गया। और जो अब दिखता था — खेतों में, पानी में, पिताजी की आवाज़ में — वो अनदेखा नहीं हो सकता था।

सुनी सुनाई रेत है — करी कमाई कोय।
हाथ करे सो सीखिए — मुँह कहे ना होय॥

मरता बरगद

आख़िरी शाम।

विक्रम मरते बरगद के पास से गुज़र रहा था कि रुक गया।

उन दिनों की भीड़ नहीं थी। न किसान, न पंडित, न सरपंच बहस कर रहे। बस पेड़। और उसके पास — वही बूढ़ी औरत, उसी जगह बैठी, हाथ उसी छाल पर।

उसने ऊपर नहीं देखा।

विक्रम खड़ा रहा। आगे बढ़ सकता था। बैग पैक कर सकता था। कल चला जाता साफ़ हाथों और नए विचारों से भरे सिर के साथ।

पर पेड़ ने उसे जाने नहीं दिया। अब नहीं। सात आँखें खुलने के बाद नहीं।

तने के पास घुटनों पर बैठा। जहाँ छाल उतर रही थी वहाँ हाथ रखा।

पेड़ अकेला नहीं था। जड़ें बीस फ़ीट दूर तक फैली थीं — शर्मा जी के खेत में, रास्ते के नीचे, पुराने कुएँ की तरफ़। इतने बड़े बरगद को गहरे पानी की ज़रूरत थी। ज़मीन देखी — ठोस, सूखी, दरारों भरी। पर साठ फ़ीट दूर नया ट्यूबवेल गुनगुना रहा था — पूरे गाँव का पानी, उसी भूजल से।

ट्यूबवेल ने पानी का स्तर नीचे कर दिया था। बरगद की जड़ें उस पानी तक पहुँच रही थीं जो अब वहाँ नहीं था।

दादा की आवाज़ लौटी — दो दिन पहले की, तूफ़ान वाले मकानों के बाहर: *"रहने दे। जो पेड़ जिन्दा रहना चाहता है, वो पानी ढूँढ़ लेता है। प्रकृति अपने आप संभल लेती है।"*

विक्रम ने ट्यूबवेल देखा। फिर पेड़। फिर ट्यूबवेल।

उठा। तने की जड़ में पत्थर दबे थे — शर्मा जी ने पिछले मानसून में निर्माण का मलबा यहाँ लगा दिया था, "बस कुछ हफ़्ते के लिए।" छह महीने हो गए। जड़ों को दबाए। उसने एक पत्थर हटाया। फिर दूसरा।

ये पेड़ नहीं मर रहा था अपने आप। ये पेड़ के चारों तरफ़ इंसानों ने जो किया था — ट्यूबवेल, पत्थर, रास्ता चौड़ा करने के लिए भरी नाली — प्रकृति इससे अपने आप नहीं संभल सकती। यहाँ कुछ *प्राकृतिक* बचा ही नहीं था जो *संभले।*

पत्थर हटाता रहा।

हर किसी के पास पेड़ के बारे में एक राय थी। किसी ने नहीं पूछा कि पेड़ के आसपास क्या बदला।

"पेड़ में क्या गड़बड़ है?" नहीं — "पेड़ के आसपास क्या बदला?"

बीस साल के छोटे-छोटे फ़ैसले। ट्यूबवेल। पत्थर। ऊपर के खेतों से कीटनाशक का बहाव। वो नाली जो बारिश का पानी जड़ों तक ले जाती थी — किसी ने रास्ता चौड़ा करने के लिए भर दी।

कोई एक वजह नहीं। कोई एक खलनायक नहीं। बस सौ छोटी-छोटी सुविधाएँ, जिनका पेड़ से कोई लेना-देना नहीं था, पर सब मिलकर उसे मार रही थीं।

बूढ़ी औरत की तरफ़ देखा।

"चाची — जब आपके आदमी ने ये पेड़ लगाया, कैसा दिखता था?"

उसने ऊपर देखा। चौंकी। किसी ने पूछा नहीं था।

"छोटा। मेरी कलाई जितना पतला। तीन साल रोज़ पानी दिया। मेरे आदमी पुराने कुएँ से ले जाते थे — दो घड़े, सुबह-शाम।"

"पुराना कुआँ?"

"हाँ। ट्यूबवेल से पहले।"

"ट्यूबवेल कब आया?"

"पंद्रह साल पहले। सरकारी योजना। सब खुश थे — रस्सी नहीं खींचनी पड़ती।"

"और पेड़ कब से मरने लगा?"

वो रुकी। छाल पर उसका हाथ थम गया।

"...दस साल पहले। शायद बारह।"

विक्रम पीछे बैठ गया।

पेड़ इसलिए मर रहा था क्योंकि गाँव उसके इर्द-गिर्द बदल गया। बुराई से नहीं — सुविधा से। ट्यूबवेल ने भूजल नीचे किया। पत्थरों ने जड़ें दबाईं। बारिश की नाली भर दी — और पानी आना बंद।

पर पेड़ मरा नहीं था। दो डालियों के सिरे पर — छोटी, हल्की कलियाँ। मुश्किल से दिखतीं। पेड़ अपनी आख़िरी ताक़त नई कोंपलों में लगा रहा था। जैसे खेजड़ी सूखे में जड़ नीचे भेजती है।

लड़ रहा था। पर अकेले नहीं जीत सकता था।

क़दम साफ़ थे। पत्थर हटाओ — जड़ों को साँस लेने दो। ऊपर से एक उथली नाली खोदो — बारिश का पानी वापस लाओ। सूखी डालियाँ काटो — पेड़ का बेकार ख़र्च रोको। कटी जगह मिट्टी से बंद करो।

सरल। ठोस। मुमकिन।

पर पहला क़दम — गाँव को बताना कि उसने क्या पाया — वही सबसे मुश्किल था।

सरपंच गुज़र रहे थे। विक्रम ने आवाज़ दी।

"पेड़ बच सकता है।"

सरपंच रुके। "तू फिर? कल जा रहा है न?"

"ट्यूबवेल पेड़ की जड़ों के उसी स्तर से पानी खींच रहा है। और पत्थर —"

सरपंच का चेहरा बंद हो गया। "ट्यूबवेल तीन सौ लोगों को पानी देता है।"

"मैं हटाने को नहीं कह रहा। बस —"

"तू कह रहा है कि गाँव ने ये किया।" सरपंच की आवाज़ सपाट थी। "एक हफ़्ते आया है, और बताएगा कि सब ग़लत कर रहे।"

वो चले गए।

विक्रम खड़ा रहा। बूढ़ी औरत देख रही थी।

वो उठी। धीरे से। तने की जड़ में दबे पत्थरों को देखा।

"इन्हें हटाने में मदद करो।"

चुपचाप काम किया। एक-एक पत्थर। बूढ़ी औरत के हाथ काँप रहे थे पर रुके नहीं। जब जड़ें खुल गई, उसने नंगी मिट्टी को देखा।

"मेरे आदमी एक छोटी नाली खोदते थे — यहाँ — ताकि बारिश का पानी जड़ तक आए।"

उसने इशारा किया। विक्रम ने मंदिर के पीछे शेड से एक पुरानी खुरपी ढूँढी — ज़ंग लगी पर काम चल सकती थी — और लौट आया।

बूढ़ी औरत पत्थर पर बैठकर देखती रही।

विक्रम ने खोदा। नाली उथली थी — एक फ़ीट गहरी, ऊपर की पगडंडी से घूमकर पेड़ की जड़ तक। हथेलियों पर छाले पड़ गए। कमीज़ भीग गई। तारे निकल आए।

और कोई मदद करने नहीं आया।

जब ख़त्म हुआ, बूढ़ी औरत ने नाली को देखा। पेड़ को देखा। उसे देखा।

"इससे नहीं बचेगा।"

"नहीं। अकेले से नहीं। पर शुरुआत है।"

उसने सिर हिलाया। "कम से कम किसी ने देखा तो।"

विक्रम अँधेरे में लौटा। हाथों पर मिट्टी। हथेलियों पर छाले। सीने में कुछ दुख रहा था जो शरीर का नहीं था।

उसने देखा। बोला। खोदा।

और फिर भी काफ़ी नहीं था।

पर शरीर पंद्रह सालों में पहली बार इतना असली लगा। जैसे छालों ने कुछ साबित किया जो नक्शों ने कभी नहीं दिया।

सब ने देखा पेड़ रे — मिट्टी खोदी कोय।
छालों वाले हाथ रे — वो ही साँचा होय॥

समापन: सात आँखों का गाँव

विक्रम का बैग पैक था। गाड़ी आने वाली थी। दो घंटे में।

वो दादा से मिलने गया। आख़िरी बार।

माँ ने बताया — "खेत गए हैं।"

विक्रम खेत की तरफ़ चला। वही रास्ता जो सात दिन पहले चला था।

पर आज सब कुछ अलग दिखता था।

रास्ते में वो तालाब था।

सात दिन पहले — बस गंदा पानी था, कुछ पक्षी थे।

आज वह रुका।

काई के पार उसे ऊपर के खेत दिखे, नहर की रेखा, बारिश का उतार, पानी तक आते पैरों के निशान। तालाब अकेला नहीं था।

और उसी क्षण उसे पहली पंक्ति सूझी:

"वो तालाब जहाँ हमारे दादा नहाते थे..."

अब धागे अपने आप जुड़ रहे थे। बिना नाम लिए।

दादा खेत में खड़े थे। कपास के पौधों के बीच।

"आ गया? जाने का वक़्त हो गया?"

"हाँ। दो घंटे में।"

वे खेत के किनारे बैठ गए।

"दादा — एक सवाल है। आपने मुझे सात आँखें दीं। पर आपने कहाँ से सीखीं?"

दादा हँसे। "ये सवाल तूने पहले क्यों नहीं पूछा?"

"मैंने कहीं से नहीं सीखीं। ज़िंदगी से सीखीं। ग़लतियों से। देखने से। सुनने से।"

"पर इन्हें 'सात आँखें' किसने कहा?"

दादा चुप रहे। फिर बोले।

"वो नाम तूने दिया।"

विक्रम चौंका। "मैंने?"

"हाँ। तू आईआईटी का है। तुझे ढाँचा चाहिए। नाम चाहिए। बात को बाँधने का तरीका चाहिए।"

"मैंने बस बातें कीं। तूने उन्हें 'सात आँखें' बना दिया।"

विक्रम सोचने लगा।

सच था। दादा ने कभी नहीं कहा — "पहली आँख", "दूसरी आँख"।

वो बस कहानियाँ सुनांते रहे। सवाल पूछते रहे।

विक्रम ने ख़ुद ढाँचा बनाया।

"दादा — तो ये सात आँखें मेरी हैं?"

"हाँ और नहीं।"

"बातें मेरी थीं। देखने का तरीक़ा मेरा था।"

"पर जिस तरह तूने समझा, जिस तरह तूने जोड़ा — वो तेरा है।"

दादा उठे। एक ही गति से — न हाथ टेका, न रुके। उस शरीर की सहजता जो अभी बिना बहस के जवाब देता था।

"जा। गाड़ी आने वाली होगी।"

विक्रम ने पैर छुए।

"दादा — कुछ याद रखने को दो।"

दादा ने सोचा। फिर बोले:

"सात आँखों से देख मगर — एक ही दिल से कर।
जो प्यार से बोले सच — उसका गहरा असर॥"

विक्रम वापस चला।

पीछे मुड़कर देखा — दादा खेत में खड़े थे। हाथ हिलाया।

गाड़ी इंतज़ार कर रही थी। विक्रम ने बैग पीछे रखा। बैठ गया। ड्राइवर ने स्टार्ट किया। धूल उड़ी। शीशे में गाँव सिकुड़ने लगा।

फ़ोन निकाला। दफ़्तर से तीन मिस्ड कॉल। मैनेजर का ईमेल — विषय: *पुल प्रोजेक्ट — पुनर्नियुक्ति।* खोला। *"समय की कमी को देखते हुए आनंद को लीड दिया है। क्लाइंट को इस हफ़्ते किसी की ज़रूरत थी। लौटकर बात करते हैं।"*

पुल का प्रोजेक्ट। ड्राइंग पर उसका नाम। दो साल के कैल्कुलेशन, विंड-लोड मॉडल, स्ट्रक्चरल टीम के साथ रातों की बहस। वो प्रोजेक्ट जिस पर उसका नाम होना था।

स्क्रीन ठंडी लगी। आनंद अच्छा था। आनंद वहाँ था। बस इतना काफ़ी था।

फ़ोन उलटा रख दिया सीट पर।

खिड़की से बाहर: खेत छँटते हुए, हाईवे आता हुआ। एसी की हवा गुनगुनाई। साफ़ हवा। नियंत्रित तापमान। उसे वो बाँबी याद आई जहाँ से ये सब शुरू हुआ था — मिट्टी की सुरंगों में ठंडी हवा, बिना किसी इंजीनियर के।

और फिर — एक ख़याल जो ऐसे आया जैसे उस उलटे सवाल का जवाब जो उसने पूछा ही नहीं था:

मैं वापस नहीं जाना चाहता।

नाटकीय ढंग से नहीं। किसी भाषण के साथ नहीं। बस — एक शांत यक़ीन, जैसे बारिश के बाद मिट्टी बैठती है। उसने इस्तीफ़ा नहीं दिया था। बस एक हफ़्ता नहीं गया — और मशीन उसके बिना चल पड़ी। जहाँ लौटना था, वो जगह पहले ही बदल चुकी थी।

विक्रम आता रहा। आँकड़े नहीं दिखाता था। कहानियाँ सुनाता — बगुलों की, तालाब की, सूरजगढ़ की। और लोगों ने सुनी। विक्रम की वजह से नहीं — कहानियाँ अपने आप चलती थीं।

कब तक आता रहा — वो अलग कहानी है।

एक शाम विक्रम गाँव में था। दादा के साथ बरगद के नीचे।

एक लड़का आया। गाँव का। बारह-तेरह साल का।

"दादा — मुझे भी सिखाओ।"

दादा ने विक्रम की तरफ़ देखा।

"तू सिखा।"

विक्रम हिचकिचाया। "मैं? मैं तो अभी ख़ुद सीख रहा हूँ।"

दादा कुछ नहीं बोले। बस उठे, लाठी उठाई, और चल दिए। धीरे-धीरे। बिना पीछे देखे।

विक्रम और लड़का एक दूसरे को देखते रहे।

"तेरा नाम क्या है?"

"सूरज।"

"तो... क्या सीखना है?"

लड़के ने कंधे उचकाए। "जो दादा ने आपको सिखाया।"

विक्रम बैठ गया। लड़का सामने।

कहाँ से शुरू करूँ?

"एक कहानी सुनाता हूँ। एक चींटी थी—"

उसने शुरू किया। बाँबी। उभार। साधारण नियम, जटिल नतीजे।

लड़का सुन रहा था। शिष्टाचार से। जैसे कोई विद्यार्थी भाषण झेल रहा हो।

विक्रम को लग रहा था — शब्द सही हैं, पर उतर नहीं रहे। वो बता रहा था जो हुआ, जीवित नहीं कर पा रहा था। एक किताब की नक़ल — जिसमें धड़कन तो थी, पर साँस नहीं।

रुक गया।

"बोर हो रहा है।"

लड़का हिला। "नहीं, नहीं — अच्छी है।"

"बेकार है। मैं वो सुना रहा हूँ जो मुझे बताया गया। वो वही बात नहीं है।"

विक्रम ने इधर-उधर देखा। बरगद की जड़ के पास चींटियों की एक कतार चल रही थी।

हँसी आई। ज़ाहिर है।

"यहाँ आ।"

दोनों मिट्टी में घुटनों पर बैठ गए। चींटियाँ छोटे सफ़ेद दाने उठाए चल रही थीं — अंडे शायद — एक सीधी कतार में। विक्रम ने एक छोटी टहनी रास्ते में रख दी।

पहली चींटी टहनी से टकराई। रुकी। घूमी। दूसरा रास्ता ढूँढा। अगली चींटी नए रास्ते पर चल दी। एक मिनट में कतार फिर बन गई — जैसे टहनी हमेशा से वहीं थी।

"क्या दिखा?"

लड़का झुककर देखने लगा। "ये घूमकर निकल गई।"

"किसने बताया घूमकर निकलो?"

"किसी ने नहीं?"

"तो कैसे पता चला?"

लड़का चुप हो गया। उसकी आँखें चींटियों पर टिकी थीं — अब सच में देख रहा था, बस नज़र नहीं डाल रहा।

"पहली वाली ने... निशान छोड़ा? और बाकी बस उसी के पीछे चल दीं?"

विक्रम चुप रहा।

"पर रुको — पहली वाली को तो पता नहीं था कि नया रास्ता बेहतर है। उसने बस — कुछ कर के देखा।"

"और?"

"और बाकी ने इसलिए अपनाया क्योंकि... निशान था?"

लड़के ने ऊपर देखा। "गाँव भी ऐसे बदलते हैं? एक आदमी कुछ कर के देखे — और अगर काम आया, तो बाकी उसी राह पर चल दें?"

विक्रम पीछे बैठ गया। लड़का वहाँ पहुँच गया था जहाँ विक्रम ने ले जाने की कोशिश नहीं की थी। जहाँ विक्रम ख़ुद कभी नहीं गया था।

छाती में कुछ कसा — उदासी नहीं, गर्व नहीं। वो अजीब, विनम्र अहसास — कुछ दिया और देखा कि वो कुछ और बन गया।

दादा को ऐसा लगता होगा, उसने सोचा। *हर बार।*

लड़का उठा। घुटनों से मिट्टी झाड़ी। फिर पूछा:

"कल फिर आऊँ?"

"हाँ।"

लड़का भागा। नंगे पैर कच्ची ज़मीन पर। तेज़ — जैसे बच्चे भागते हैं जब उन्हें कुछ मिल जाए जिसकी तरफ़ भागना हो।

विक्रम बरगद के नीचे बैठा रहा। अकेला।

लड़के ने जो धूल उड़ाई थी, वो अभी बैठ रही थी। विक्रम ने उसे ढलती रोशनी में देखा — सुनहरी, धीमी, पहले से गायब।

उसने लड़के को एक चींटी और एक टहनी दी थी। लड़के ने एक गाँव लौटाया। वो पढ़ाना नहीं था — कुछ और था। कुछ जो तुम्हें हल्का और ख़ाली एक साथ छोड़ जाता है।

उसने वो जड़ देखी जहाँ दादा हर शाम बैठते थे। चिकनी छाल। सालों की आकृति।

ज्ञान उसमें से होकर गुज़रा था और कुछ और बनकर निकला। समृद्ध। उसका और उसका नहीं।

इक बीज जो बोया रे — पेड़ उगा सौ कोय।

पेड़ से गिरे बीज रे — सारा जंगल होय॥

पहला भाग: देखने की किताब — समाप्त

भाग दो: समझने की किताब

एक मौसम। सात मानसिक ढाँचे। एक जागना।

विक्रम मंगलवार को गया।

सूरज बारह साल का था। वो सड़क के किनारे खड़ा रहा — वही सड़क जो गाँव ने मिलकर बनाई थी, चींटी दर चींटी — और गाड़ी को देखता रहा जब तक धूल का गुबार ग़ायब नहीं हो गया।

बरगद वहीं था। तालाब वही हरा। दादा वही अपनी जगह बैठे थे — पीठ छाल से टिकी, वो जगह और चिकनी हो गई थी — आठ सालों का हल्का निशान, काले तने पर हल्की लकीर। आँखें अधमुँदी, चाय ठंडी हो रही थी।

पर कुछ बदल गया था।

सूरज उसे नाम नहीं दे पा रहा था। बस महसूस कर रहा था — जैसे कोई काँटा इतना गहरा चुभा हो कि निकले नहीं। दुनिया वही दिखती थी। पर जो विक्रम भैया ने दिखाया था — वो अनदेखा नहीं कर सकता था।

सात आँखें। एक बार खुलें — तो बंद नहीं होतीं।

आठ मानसून बीते।

सूरज बड़ा हुआ। गाँव उसके इर्द-गिर्द बढ़ा — या सिकुड़ा, ये देखने वाली आँख पर निर्भर था।

नौजवान शहर चले गए। नहर में एक और फ़ुट गाद जम गई। सक्सेना जी की हरी बोतलें हाट में दिखने लगीं — वादों की तरह चमकती हुईं।

विक्रम महीने में एक बार आता। कहानियाँ सुनाता। सवाल पूछता। हर बार पहले से कम रुकता — शहर उसे वापस खींचता था, जैसे नदी चीज़ों को समुद्र की तरफ़ खींचती है।

एक महीना — वो आया ही नहीं। सूरज बस अड्डे पर खड़ा रहा जब तक आख़िरी बस नहीं चली गई और सड़क अँधेरी नहीं हो गई। घर लौटा। किसी से कुछ नहीं पूछा।

अगले महीने, फ़ोन आया। छोटा सा। विक्रम की आवाज़ बदली हुई लगी — पतली, तेज़, जैसे शहर ने उसे दबा दिया हो। "माफ़ कर सूरज — काम बहुत है। अगले महीने आऊँगा।" नहीं आया। न उसके अगले।

सूरज ने बस अड्डे पर इंतज़ार करना बंद कर दिया। ग़ुस्सा नहीं था। कुछ और शांत था — वो समझ कि जो नदी तुम्हें पानी देती है, वो अपना पूरा बहाव तुम्हें नहीं देती।

दादा धीमे हो रहे थे। बरगद तक की उनकी चाल छोटी होती जा रही थी। कभी-कभी आते ही नहीं थे। पर जब बोलते — हर शब्द ऐसे गिरता जैसे शांत पानी में पत्थर।

सूरज सुनता। देखता। इंतज़ार करता।

किस बात का इंतज़ार — ये उसे ख़ुद नहीं पता था। बस इतना कि जो भी आएगा, वो दिल्ली से ज़्यादा क़रीब से आएगा।

फिर एक सुबह — सूरज बीस का था — वो अंधेरे में उठा। खेत तक चला। किनारे खड़ा हुआ।

गेहूँ अभी निकल रहा था। भूरी मिट्टी में पतली हरी रेखाएँ। एक कौआ सिंचाई के पाइप पर बैठा था — उसे ऐसे देख रहा था जैसे कुछ जानता हो जो सूरज नहीं जानता।

और पहली बार, सूरज ने सोचा:

मैं समस्या देख सकता हूँ। पर अभी समझता नहीं।

देखना पहला क़दम था। विक्रम भैया ने वो दिया था।

पर समझना — वो अगली किताब थी। और ये किताब उसे ख़ुद लिखनी होगी।

कुआँ था आँगन में सदा — भूल गए थे बाट।
नया नहीं ढका था बस — हटी धूल की पाट॥

छिपा हुआ ज़हर

शादी छह हफ़्ते बाद थी।

माँ सिल पर मसाले पीस रही थीं — पर हाथ काँप रहे थे।

"निशा की शादी अगले महीने है।"

"हाँ, पता है।"

"पैसे कहाँ से आएँगे?"

सूरज चुप रहा। यही सवाल उसे भी रात को जगाए रखता था। पापा — रमेश — खेत से जितना कमाते थे, वो बस गुज़ारे भर का था। बचत नहीं थी। क़र्ज़ नहीं लेना था।

"कुछ सोचता हूँ माँ।"

जून की धूप पत्थर तोड़ रही थी। धूल पसीने पर चिपक रही थी। हवा में नीम के फूलों की कड़वी मिठास — वो कड़वापन जो कहता है कि गर्मी आ चुकी है और जाने वाली नहीं। बाज़ार में वही शोर — बकरियों की मिमियाहट, स्कूटरों के हॉर्न, सब्ज़ी वालों की चिल्लाहट।

पर आज नीम के पेड़ के पास भीड़ थी। एक चमकदार सफ़ेद गाड़ी खड़ी थी — धूल भरे बाज़ार में बेमेल, जैसे किसी ने दूध में स्याही गिरा दी हो। और एक आदमी बोल रहा था। प्रेस किया हुआ कुर्ता। चमकते जूते। मुस्कान जो चिपकाई हुई लगती थी।

"भाइयों! मैं सक्सेना जी हूँ। ग्रीन फ़्यूचर कंपनी से।"

"आज मैं आपके लिए लाया हूँ — सुपर-ग्रो कीटनाशक! एक बार छिड़काव — तीन गुना फसल!"

भीड़ में फुसफुसाहट। "तीन गुना?" "सच में?" सक्सेना जी ने हरे रंग की बोतल निकाली। ऊँची पकड़ी — जैसे कोई ट्रॉफ़ी दिखा रहा हो।

"ये है जादू की बोतल। पहले हफ़्ते में फ़र्क़ दिखेगा।"

सूरज के दिमाग़ में कुछ हिला। तीन गुना फसल। पहले हफ़्ते में। अगर सच है — निशा की शादी हो जाएगी।

घर लौटते वक़्त गर्मी सड़क से उठ रही थी। सूरज सोचता रहा। नया ज़माना है। नई तरकीबें हैं। पापा पुराने ख़याल के हैं।

शाम को सूरज ने रमेश से बात की।

"पापा — बाज़ार में एक आदमी था। कीटनाशक बेच रहा था। कह रहा था तीन गुना फसल होगी।"

रमेश ने सूरज की तरफ़ देखा। आँखों में चिंता थी।

"बेटा — तुझे विक्रम की कहानी याद है? यूरिया वाली?"

सूरज को याद आया। वो कहानी — कैसे यूरिया पहले जादू लगता है। फसल हरी-भरी। पर धीरे-धीरे ज़मीन मर जाती है।

"पापा — पर ये तो कीटनाशक है। यूरिया नहीं।"

"बेटा — ज़हर का नाम बदलता है। काम वही रहता है।"

"पर पापा — निशा की शादी..."

रमेश की आँखों में दर्द था।

"मुझे पता है बेटा। पर ग़लत रास्ते से पैसा — वो पैसा नहीं, क़र्ज़ है।"

सूरज चुप रहा। पर मन नहीं माना। उस रात चारपाई पर लेटा — छत का पंखा धीमे-धीमे घूमता रहा — और निशा का चेहरा सामने तैरता रहा।

सूरज बाज़ार गया। सक्सेना जी से मिला।

"अरे बेटा! सोच लिया?"

सूरज ने इधर-उधर देखा। कोई जान-पहचान का नहीं था।

"मुझे एक बोतल दे दो। छोटी वाली।"

सक्सेना जी मुस्कुराए। पर एक पल के लिए — सूरज ने कुछ देखा। सक्सेना जी की आँखों में। थकान? डर?

सक्सेना जी ने जल्दी से बोतल पकड़ाई। "बेटा — तू समझदार है। छोटी से शुरू करो। जब फ़ायदा दिखे — बड़ी लेना।"

उनके फ़ोन पर एक संदेश आया। सक्सेना जी ने देखा — चेहरा सख़्त हो गया।

"टारगेट..." उन्होंने बुदबुदाया। फिर संभले। मुस्कान वापस।

सूरज ने पैसे दिए। बोतल ली। छिपा कर रख ली।

उस रात उसने आधे खेत में कीटनाशक छिड़का। पापा सो रहे थे।

सातवीं सुबह, सूरज भोर में खेत गया। धुंध अभी निचली टहनियों पर लिपटी थी। और वो रुक गया।

आधा खेत — जहाँ कीटनाशक डाला था — चमक रहा था। पत्ते बड़े। रंग इतना गहरा हरा कि अजीब लगता था — जैसे किसी ने रंग पोत दिया हो। एक भी कीड़ा नहीं। एक भी छेद नहीं। तस्वीर जैसा।

दूसरा आधा — पापा वाला हिस्सा — वैसा ही। सामान्य। साधारण।

उसने अपने हिस्से के पत्तों पर हाथ फेरा। अगर तीन गुनी फसल हुई — निशा की शादी हो जाएगी।

धुंध मुश्किल से उठी थी कि सूरज ने देखा — कुछ मधुमक्खियाँ ज़मीन पर पड़ी थीं। मरी हुई। सात-आठ।

"शायद बीमारी होगी।"

उसने ध्यान नहीं दिया।

अब मधुमक्खियाँ नहीं दिख रही थीं। पहले खेत में भिनभिनाहट रहती थी। अब — सन्नाटा। और फसल जहाँ इतनी हरी थी — वहाँ कुछ पत्ते पीले पड़ने लगे। सिर्फ़ किनारे पर। अभी थोड़े।

सूरज ने सोचा — "कुछ नहीं। सामान्य है।" पर रात को नींद नहीं आई।

कपास घुटनों तक आयी थी जब रमेश खेत में घूम रहे थे। रुके। झुके। मिट्टी उठाई। सूँघी।

फिर उन्होंने सूरज को देखा।

"बेटा — इधर आ।"

रमेश ने दो मुट्ठी मिट्टी उठाई। एक अपने हिस्से से। एक सूरज वाले हिस्से से।

"देख।"

पापा वाली मिट्टी — भूरी, गीली, छोटे कीड़े दिखे। सूरज वाली — सूखी, ग्रे, कुछ नहीं।

रमेश ने सूरज वाली मिट्टी धीरे से उँगलियों के बीच से ज़मीन पर गिरने दी। धूल। बस धूल।

"ये मिट्टी मर रही है बेटा।"

सूरज की आँखें नीची हो गईं।

"कीटनाशक डाला न?"

सूरज चुप रहा।

"मुझे पता था।"

कोई नहीं बोला। कहीं से कौआ बोला। हवा खेत की उस अजीब हरयाली में से गुज़री — जैसे आवाज़ भी बदल गई हो।

रमेश उठे। घुटनों से मिट्टी झाड़ी।

"चल मेरे साथ।"

दोनों चले। नल के पास से जहाँ औरतें पानी भर रही थीं। मंदिर के पास से, जहाँ भगवा झंडा थका हुआ लटक रहा था। कोई नहीं बोला। चुप्पी भारी थी — पर गुस्से वाली नहीं। जैसे बुख़ार उतरे के बाद की चुप्पी।

गाँव के दूसरे छोर पर रुके।

रामू काका का खेत।

सूरज ने देखा — और पैर जम गए।

खेत नहीं था। बंजर ज़मीन थी।

सूखी। फटी। जैसे किसी ने ज़मीन की खाल उधेड़ दी हो।

एक बदबू थी — सड़ी मिट्टी की। जैसे कुछ मर गया हो।

कोई कीड़ा नहीं। कोई चिड़िया नहीं। कोई घास नहीं।

बस — मरी हुई ज़मीन। और सन्नाटा।

पाँच साल पहले रामू हर सुबह इसी किनारे पर चाय पीता था। तालाब मरा तो मछली छोड़ी और खेती पकड़ ली — और हरी बोतलों ने उसे ढूँढ लिया। अपनी फसल देखता था। अब वो पास के कस्बे में मज़दूरी करता था। उसकी पत्नी मायके चली गई थीं। घर में ताला लटका था।

सूरज का गला सूख गया।

"ये... ये क्या हुआ?"

"पाँच साल पहले रामू का खेत सबसे अच्छा था। फिर वही सक्सेना जी आया। वही बोतल।"

"पहले साल — जादू।"

"दूसरे साल — और कीटनाशक चाहिए। पुराना काम नहीं कर रहा।"

"तीसरे साल — ज़मीन थकने लगी।"

"चौथे साल — फसल आधी।"

"पाँचवें साल — कुछ नहीं।"

सूरज की आँखों में पानी आ गया।

"पापा — मैंने ग़लती की। मुझे लगा मैं होशियार हूँ। आप पुराने ख़याल के हैं।"

रमेश ने सूरज के कंधे पर हाथ रखा।

"बेटा — तू होशियार है। पर होशियारी काफ़ी नहीं।"

"देखना भी सीखना पड़ता है। जो दिख रहा है — वो पूरी तस्वीर नहीं होती।"

रमेश रामू के बंजर खेत के किनारे बैठ गए।

"बेटा — तू जानता है ये कीटनाशक क्या करता है?"

"कीड़े मारता है।"

"हाँ — पर कौन से कीड़े?"

रमेश ने सूरज की हथेली पर मरी मिट्टी रखी। उँगलियों से छनने दी।

सूरज देखता रहा।

रमेश ने कुछ नहीं कहा। बस धूल ज़मीन पर गिरती रही।

फिर रमेश ने अपनी जेब से एक ढेला निकाला। अपने खेत से लाया था। भूरा। गीला। तोड़ा — अंदर एक छोटा केंचुआ था, गुलाबी और ज़िंदा।

"ये देखा?"

सूरज ने देखा।

रमेश ने केंचुए को धीरे से ज़मीन पर रखा। वो पल भर में मिट्टी में घुस गया।

फिर रामू के खेत की तरफ़ इशारा किया। वहाँ कोई केंचुआ नहीं। कोई ज़िंदगी नहीं।

सूरज ने दोनों मिट्टियाँ देखीं। पिताजी की और रामू की। एक ज़िंदा। एक मुर्दा। एक ही गाँव। एक ही बारिश। एक ही धूप।

"पर पापा — पहले हफ़्ते में तो सब अच्छा दिखा!"

रमेश ने तारों की तरफ़ देखा। देर तक कुछ नहीं बोले। झींगुर बोले। कहीं कुत्ता भौंका। कहीं दूर से दूसरे कुत्ते ने जवाब दिया।

"जो चीज़ पहले दिन ही फ़ायदा दिखाए — उससे सावधान। असली फ़ायदा धीरे आता है। असली नुकसान भी।"

"पाँच साल का हिसाब लगाओ। तब पता चलेगा — क्या सच में फ़ायदा है।"

निशा की शादी तीन हफ़्ते बाद हुई। माँ ने जो सोचा था उससे सादी। भारी सोने का सेट नहीं — बस जो परिवार उठा सकता था। आँगन में चालीस लोग, कम्युनिटी हॉल में दो सौ नहीं। निशा ने शिकायत नहीं की। उसने दादी की पतली चूड़ियाँ पहनीं, और जब मंडप पर मुस्कुराई, तो माँ रोई। दुःख से नहीं। उस ख़ास राहत से जो तब होती है जब कोई चीज़ टूटते-टूटते बच जाती है।

जिस सुबह निशा ससुराल गई, सूरज ने उसका संदूक़ गाड़ी तक उठाया। हल्का था — मख़मल के ख़ाली ख़ाने। निशा ने देखा कि वो देख रहा है। उसके बाज़ू को छुआ। "ठीक है, भाई।" वो नरमी किसी इल्ज़ाम से भारी थी।

गाँव में खबर फैली।

"सक्सेना जी कल आएँगे!"

"पूरे गाँव को मुफ़्त में दे रहे हैं!"

"बस एक शर्त — आधा खेत उनके तरीक़े से।"

लोग खुश थे। "मुफ़्त में मिल रहा है! क्या जाता है — एक बार देख तो लो!"

सूरज सुन रहा था। उसकी आँखों में अब वो ज़मीन थी — रामू काका की। सूखी। मरी। बंजर।

"पापा — कुछ करना होगा।" "क्या करेगा?"

सूरज के पास जवाब नहीं था।

पर उसकी आँखें बदल गई थीं।

मीठा फल जो चख लिया — जड़ में ज़हर समाय।

पहले साल हँसाय रे — पाँचवें साल रुलाय॥

अकेले में कुछ नहीं

सक्सेना जी आ गए थे।

बड़ी गाड़ी — और चमकदार, जैसे धोई में नहलाई गई हो। चमकदार कपड़े जो कभी खेत नहीं देखे। और मुस्कुराहट जो कभी नहीं जाती।

चौपाल पर तीस-चालीस किसान। धूप में उकड़ूँ बैठे, आँखें सिकोड़ते हुए। सब सक्सेना जी की बातें सुन रहे थे।

"भाइयों! मैं आज मुफ़्त में दे रहा हूँ! बस आधा खेत। एक बार देख लो। अगर फ़ायदा नहीं हुआ — मैं पैसे वापस!"

लोग खुश थे। "मुफ़्त में मिल रहा है! क्या जाता है?"

सूरज पीछे खड़ा था। उसके दिमाग़ में रामू काका का खेत था। सूखा। मरा। बंजर।

सूरज आगे बढ़ा। दिल धड़क रहा था — गले में, उँगलियों में।

"रुकिए!"

सब ने देखा। सक्सेना जी ने भी।

"ये कीटनाशक ज़हर है।"

चुप्पी। एक लंबा, भारी पल। फिर कोई हँसा।

"अरे — ये तो रमेश का लड़का है! बच्चा क्या जाने!"

हँसी की आवाज़ थप्पड़ की तरह लगी। सूरज का चेहरा जल गया। कान बजते रहे। ज़मीन में धँस जाने का मन हुआ।

पर वो खड़ा रहा।

सूरज ने कहा — "मैं बच्चा नहीं हूँ। बीस साल का हूँ। और मैंने देखा है — रामू काका का खेत। पाँच साल पहले वो भी ऐसे ही खुश थे। आज उनका खेत मर चुका है।"

एक बूढ़े किसान बोले — "रामू का खेत तो उसकी किस्मत थी। इसका कीटनाशक से क्या लेना?"

दूसरे ने कहा — "बेटा, तू किताबें पढ़। खेती हमें पता है।"

सूरज ने कहा — "पर मिट्टी का हिसाब..."

"हिसाब!" हँसी गूँजी। "शहर का लड़का बन गया!"

सक्सेना जी मुस्कुराए। "बेटा — तेरी चिंता अच्छी है। पर ये नई तरकीब है।"

सूरज ने फिर कोशिश की। "पर पाँच साल में..."

कोई सुन नहीं रहा था। लोग सक्सेना जी से बोतलें ले रहे थे।

सूरज खड़ा रहा। अकेला।

सभा ख़त्म हुई। सक्सेना जी चले गए।

सूरज गाँव के बाहर चला गया। पुराने पीपल के नीचे बैठ गया।

आँखों में पानी था।

उसने सही बात कही थी। सबूत थे। तर्क थे।

फिर भी — कोई नहीं माना।

"मैं सही था। फिर भी हारा।"

आधे घंटे बाद पापा आए। पीपल के नीचे बैठ गए। कुछ नहीं बोले।

"पापा, मैंने कोशिश की। किसी ने नहीं सुना।"

रमेश चुप रहे।

"मैं सही था न? फिर क्यों नहीं माने?"

रमेश कुछ नहीं बोले। बस इशारा किया — "वो देख।"

पीपल के पास एक बड़ी बाँबी थी। चींटियों का शहर।

"एक चींटी देख।"

सूरज ने देखा। एक छोटी सी चींटी। रेत का एक कण उठाए।

"ये एक चींटी क्या कर सकती है?"

"कुछ नहीं।"

"हाँ।"

"पर अब ये बाँबी देख।"

सूरज ने देखी। विशाल। कई फुट ऊँची। अंदर सैकड़ों रास्ते।

"इसे किसने बनाया?"

"चींटियों ने।"

"एक चींटी ने?"

"नहीं — लाखों ने।"

"बस ऐसे ही कुछ उभरता है।"

"एक चींटी को कुछ पता नहीं कि बाँबी कैसी दिखेगी। कोई नक्शा नहीं। कोई मुखिया नहीं।"

"बस हर चींटी एक छोटा काम करती है। और जब लाखों मिलकर करती हैं — तो कुछ बड़ा बन जाता है। कुछ ऐसा जो कोई एक चींटी नहीं बना सकती थी।"

रमेश और कुछ नहीं बोले। बस चींटियों को देखते रहे।

सूरज ने जड़ से जूझती चींटी को देखा। फिर बाँबी — विशाल, जटिल, एक-एक कण से बनी।

दिल डूबा। *मैं एक चींटी हूँ।*

"अकेला — कुछ नहीं बदल सकता।"

रमेश मुस्कुराए। "पर अगर और चींटियाँ मिल जाएँ?"

"मुझे और चींटियाँ कहाँ मिलेंगी?"

"पापा — गाँव में और कौन है जो समझता है?"

"सोच।"

"प्रताप। उसने भी सक्सेना जी से बोतल नहीं ली।"

"और?"

"मीना। वो हमेशा पूछती रहती है।"

"और?"

"बस... दो?"

"दो भी काफ़ी है।"

रमेश उठे।

"तू, प्रताप, मीना। तीन चींटियाँ।"

"कल मिलो। बात करो। एक छोटा काम तय करो।"

"फिर?"

"फिर देखना।"

सूरज जल्दी उठा।

प्रताप के घर गया।

"प्रताप — तूने कल बोतल क्यों नहीं ली?"

प्रताप ने देखा। "तूने भी नहीं ली?"

"नहीं। मुझे पता है ये क्या करती है।"

"मेरे चाचा रामू ने इस्तेमाल किया था। तीन साल में खेत ख़राब।"

फिर मीना के घर।

सूरज दरवाज़े पर रुका। मीना के पिता सोहन लाल की ज़मीन सूरज के पिता से बड़ी थी। वो लोग अपनी बेटी को लड़कों के साथ घूमते नहीं देखना चाहते। मीना की माँ अंदर से देख रही थीं — चौखट पर खड़ीं, हाथ में झाड़ू।

सूरज मुड़ने लगा। फिर सोचा — *अगर ये दरवाज़ा नहीं पार कर सकता, तो गाँव कैसे पार करूँगा?*

उसने आवाज़ दी। "मीना!"

मीना आँगन में सब्ज़ियाँ तोड़ रही थी।

"मीना — कल की सभा के बारे में क्या सोचती है?"

"मुझे कुछ ठीक नहीं लगा। मुफ़्त में कोई क्यों देगा? कौन सी दुकान मुफ़्त में देती है? वो दान नहीं कर रहा।"

सूरज ने सब बताया। रामू काका का खेत। पाँच साल का हिसाब। देर से आने वाला ज़हर। मीना की आँखें चमकीं। "मुझे पता था कुछ ग़लत है।"

उस शाम — पीपल के नीचे। सूरज, प्रताप, मीना। तीन जवान। तीन अलग-अलग घर। पर एक समझ।

पीछे कहीं हैंडपंप चरचराया — लोहा लोहे पर, पानी पत्थर पर। गाँव की साँस की आवाज़। किसी ने ध्यान नहीं दिया। वही बात थी।

शाम की रौशनी पत्तों से छनकर सोने के सिक्कों की तरह आ रही थी। तोते ऊपर डालों पर बैठे झगड़ रहे थे। नीचे — तीनों चुप।

वो चुप्पी जिसमें सब एक ही बात सोच रहे होते हैं पर शुरू कोई नहीं करना चाहता।

फिर मीना, अभी भी सेम तोड़ते हुए:

"तो हम तीनों ने एक ही चीज़ देखी।"

"रामू काका का खेत।"

"और हम तीनों ने कुछ नहीं कहा।"

प्रताप कुर्ते का धागा खींच रहा था। "मैं बोलना चाहता था। पर —"

"डर लगा," मीना ने धीरे से कहा। "अकेले होने का।"

एक तोता चींखा। तीनों ने ऊपर देखा। एक-दूसरे को देखा। कुछ बदला।

"पर अब हम अकेले नहीं।"

प्रताप मुस्कुराया — कई दिनों बाद पहली असली मुस्कान। "हम तीन चींटियाँ हैं।"

"सक्सेना जी ने कहा — आधा खेत उनके तरीक़े से। तो मुकाबला हो जाएगा।"

सूरज ने सोचा। "मतलब — खेत से खेत की लड़ाई।"

"लड़ाई नहीं। बस — दिखाना।"

मीना ने सेम तोड़ कर कहा — "पुराने तरीक़े से। गोबर की खाद। नीम का पानी। मेरी दादी को सब पता है। उनकी दादी से सीखा था।"

"पर लोग मानेंगे थोड़े?" सूरज ने कहा। "आज तो हँसे मुझ पर।"

"मानने की ज़रूरत नहीं।" मीना ने सेम तोड़ा। "जब फसल का वक़्त आएगा — खेत बोलेंगे। खेत झूठ नहीं बोलते।"

"और तब तक?"

"तीन-तीन लोगों से बात करो। चौपाल पर नहीं — घर पर। चाय पीते हुए। नल पर। जैसे असली बातें होती हैं।"

प्रताप ने कहा — "चींटी से चींटी की बात।"

"तीन गुणा तीन — नौ।"

सूरज ने दोनों चेहरों को डूबती रौशनी में देखा। कल वो चौपाल पर अकेला काँप रहा था। आज — तीन लोग, एक योजना, और पहली बार हफ़्तों में सुबह जल्दी उठने की वजह।

रमेश दूर से देख रहे थे।

तीन जवान। पीपल के नीचे। सिर जोड़े बैठे।

उन्हें दादी जान की याद आई। वही पीपल। वही जगह। जहाँ दादी जान ने उन्हें पहली कहानी सुनाई थी।

रमेश मुस्कुराए।

अकेला काँपे धूप में — साथ मिले तब कोय।
चींटी चींटी मिल चले — बोझा हल्का होय॥

सही जगह का धक्का

तीन चींटियाँ काम पर लग गई थीं। सूरज, प्रताप, मीना।

रोज़ कुछ न कुछ करते। सुबह किसी किसान से बात। दोपहर सभा में बोलने की कोशिश। शाम घर-घर जाकर समझाना।

कल सूरज भगवान दास के घर गया था। आँगन में प्लास्टिक की कुर्सी पर बैठा — टांगें गीली मिट्टी में धँसी हुई थीं। सब समझाया — मिट्टी, मधुमक्खियाँ, रामू काका का खेत। भगवान दास ने ध्यान से सुना। सवाल पूछे। सिर हिलाया।

फिर बोले — "तू सही कह रहा है बेटा। पर मैंने पिछले हफ़्ते ही छिड़काव कर दिया।"

और छाछ का गिलास पकड़ा दिया — ठंडा, झागदार — जैसे बात मौसम की रही हो।

सूरज ने पी लिया। और क्या करता।

तीन हफ़्ते की मेहनत। कुछ नहीं बदला। सूरज थक गया था। प्रताप की आँखों के नीचे काले घेरे। मीना की आवाज़ भारी — बहुत बोलने से।

एक शाम — पीपल के नीचे। तीनों बैठे। चुप।

"मैंने बीस लोगों से बात की। एक ने नहीं माना।"

"मैंने तीन सभाओं में बोला। लोग सुनते हैं, सिर हिलाते हैं — फिर वही करते हैं।"

"शायद हम ग़लत हैं।"

सूरज घर गया। नींद नहीं आई।

खाट पर पड़ा रहा — पंखे की धीमी गोल घूमती छाया देखता रहा। बीस लोग। बीस बातचीत। बीस बार सिर हिला। कुछ नहीं बदला। हर दरवाज़ा खुला, इज़्ज़त से बात हुई, फिर बंद हो गया। पीठ पीछे।

भगवान दास का चेहरा बार-बार आता — सुनना, सिर हिलाना, छाछ देना। फिर कुछ नहीं।

मैं ग़लत क्या कर रहा हूँ?

अगली सुबह — हफ़्तावारी दूध की गाड़ी।

सूरज ध्यान नहीं दे रहा था। मंदिर की सीढ़ियों पर बैठा था — सिर भारी, गाँव को देखता हुआ बिना देखे। सात बजे दूध की गाड़ी आई। किसान लाइन में खड़े थे, डिब्बे लिए।

तब उसकी नज़र पड़ी।

सरपंच की पत्नी — कमला देवी — लाइन के बग़ल से गुज़रीं। लाइन में नहीं लगीं। सीधे दूध लेने वाले के पास गईं। कुछ कहा — सूरज को सुनाई नहीं दिया। उसने सिर हिलाया। पहले उनका डिब्बा तौला। फिर लाइन चली।

किसी ने शिकायत नहीं की। किसी ने देखा तक नहीं।

छोटी बात। रोज़मर्रा की। हर मंगलवार होती।

सूरज ने देखा — कमला देवी वापस लौटीं। बेफ़िक्र। दूध लेने वाला एक पल भी नहीं हिचकिचाया — सोचने की ज़रूरत ही नहीं पड़ी। उनकी बात उसके फ़ैसले में पहले से थी — मुँह खोलने से पहले।

सड़क याद आई। पिछले साल — नई सड़क जिसे सब सरपंच का फ़ैसला मानते थे। पर प्रताप की माँ ने दूसरी बात बताई थी: कमला देवी ने कहा था, "मेरे पीहर जाने में तकलीफ़ होती है।" अगले महीने सड़क बन गई। बाज़ार की तरफ़ नहीं। अस्पताल की तरफ़ नहीं। पीहर की तरफ़।

वो उठ बैठा। कुछ जागा अंदर।

तीन हफ़्ते किसानों से बात की। सौ दीवारों पर सिर मारा। पर इस गाँव के फ़ैसले — असली फ़ैसले — उन दीवारों से नहीं गुज़रते जिन पर वो धक्का दे रहा था।

एक अलग तस्वीर बन रही थी। वो गाँव नहीं जिससे वो बहस कर रहा था — सौ घर, सौ राय। बल्कि उसके नीचे का गाँव। ख़ामोश वाला। जहाँ कमला देवी की बात दूध वाले को हिलाती है। जहाँ उनकी इच्छा सड़क बनवाती है। जहाँ सरपंच बाहर सब तय करते हैं, पर दिशा घर के अंदर तय होती है।

वो पाइप को धक्का दे रहा था। ज़ोर से। और ज़ोर से। चप्पल फिसल रही थी।

हैंडल कहीं और था।

उस रात — फिर पीपल के नीचे। तीनों।

"मैं गाँव को देख रहा था," सूरज ने कहा। "कैसे चलता है असल में — हम कैसे सोचते हैं, वैसे नहीं।"

उसने बताया — दूध की लाइन। सड़क। दूध वाला जो एक पल नहीं रुका।

"हम किसानों से बात करते रहे। एक-एक से। बीस लोग। पर फ़ैसले वहाँ से शुरू नहीं होते।"

मीना आगे झुकी। "तो कहाँ से?"

"कमला देवी।"

चुप्पी।

"सरपंच की पत्नी?"

"हाँ। वो जो कहें — सरपंच वही करें। और सरपंच जो करें — गाँव वही माने।"

प्रताप ने पूछा — "तो हमेशा बड़े लोगों को मनाना पड़ेगा?"

"नहीं। पर अभी — ये देखना है कि फ़ैसले बहते कहाँ से हैं। जहाँ हम *सोचते* हैं वहाँ से नहीं।"

"कमला देवी। वो सही जगह हैं।"

"पर कमला देवी से कैसे बात करें? वो तो घर से बाहर कम निकलती हैं।"

मीना ने कहा — "मैं जाऊँगी। औरतों की बात औरत ही कर सकती है।"

"पर क्या बोलोगी? तर्क? हिसाब-किताब?"

मीना ने सिर हिलाया। "नहीं। कहानी।"

उस रात मीना सो नहीं पाई।

खाट पर पड़ी थी — आँखें छत पर। कभी करवट बदलती, कभी नहीं। रसोई में दादी ने अंधेरे में आटा गूँध रही थीं — आवाज़ नहीं, बस हाथों की थप-थप।

मीना ने सोचा — कमला देवी सरपंच की पत्नी हैं। वो सोहन लाल की बेटी को क्यों सुनेंगी? एक लड़की की बात — जो चौपाल पर खड़ी होकर बोली थी?

पर कहानी तो कहानी ही सुनेगी वो। कहानी तो दादी ने दी है। सबूत नहीं।

सुबह की नमाज़ के बाद मीना ने नीली चुनरी निकाली। हाथ काँप रहे थे। सरपंच के घर की तरफ़ चली। सूरज को पता नहीं था कि मीना के पैर कितने भारी थे उस सुबह।

मीना ने अपनी दादी से बात की।

दादी जाग रही थीं। अंधेरे में बैठीं। जैसे इंतज़ार कर रही हों। हाथ अंधेरे में चलते रहे — कुछ अदृश्य गूँधते हुए।

"दादी, पुरानी खेती कैसी थी? कीटनाशक से पहले?"

"पहले? बेटी, पहले — मिट्टी ज़िंदा थी। हाथ रखो तो साँस लेती थी। जाड़े में गर्मी। गर्मियों में ठंडी। दाल से भी छोटे जीव — हर एक अपना काम करता।"

"फिर बदला क्यों?"

"जल्दी का लालच। एक साल में ज़्यादा चाहिए। पर दस साल में सब ख़त्म।"

मीना सुनती रही। शब्दों को नहीं — लय को। जिस तरह दादी ने *ज़िंदा* कहा — जैसे किसी इंसान की बात हो।

अब मीना के पास कहानी थी। सबूत नहीं। दादी की याद, ताज़ी रोटी जैसी।

मीना सरपंच के घर गई।

"कमला जी — मैं मीना हूँ। सोहन लाल की बेटी।"

"आ बेटी। बैठ।"

चाय आई।

"कमला जी, एक बात पूछूँ? आपके पीहर में खेती कैसी है?"

कमला देवी की आँखों में कुछ बदला।

"पीहर में? बेटी — वहाँ तो अब कुछ नहीं उगता।"

"क्यों?"

"पता नहीं। भाई कहता है — ज़मीन थक गई।"

मीना ने धीरे से कहा — "कमला जी — ज़मीन थकती नहीं। उसे मारा जाता है।"

मीना ने कहानी सुनाई।

अपनी दादी की बातें। पुरानी खेती। जीवित मिट्टी।

फिर कीटनाशक। जल्दी का लालच। धीरे-धीरे मौत।

और रामू काका का खेत। पाँच साल में — हरे-भरे से बंजर।

कमला देवी सुनती रहीं। चाय ठंडी हो गई।

"कमला जी — सक्सेना जी जो बेच रहे हैं... वही ज़हर है जिसने आपके पीहर की ज़मीन मारी।"

लंबी चुप्पी।

"बेटी, तू सच बोल रही है?"

"जी।"

"रुक। आज रात को बात होगी।"

सरपंच के घर में।

"सुनो जी।"

"हाँ?"

"वो सक्सेना जी वाला कीटनाशक... मेरे भाई ने भी इस्तेमाल किया था। आज उनके खेत में घास भी नहीं उगती।"

सरपंच चुप रहे।

"और सोहन लाल की बेटी आई थी। उसने रामू का खेत दिखाया — वही हाल।"

"पर लोगों ने तो बोतलें ले लीं।"

"तो रोको। अभी इस्तेमाल नहीं हुआ। सभा बुलाओ।"

सरपंच ने पत्नी को देखा। वो जानते थे — जब कमला देवी कुछ कहें, तो करना पड़ता है।

"ठीक है।"

तीन दिन बाद। चौपाल पर फिर से भीड़।

पर इस बार सरपंच बोल रहे थे।

"भाइयों — मुझे पता चला है कि ये कीटनाशक ख़तरनाक है। मेरे साले के खेत का यही हाल हुआ।"

"मेरी राय है — जिसने बोतल ली है, वापस कर दे। हम पुराने तरीक़े से करेंगे।"

पहले एक किसान उठा — "मैं वापस करता हूँ।"

फिर दूसरा। फिर पाँच।

आधे घंटे में — ज़्यादातर बोतलें वापस।

भीड़ छटने के बाद मीना चौपाल की सीढ़ियों पर बैठ गई। अकेली। शाम उतर रही थी। बरगद की छाया लंबी हो गई थी।

हाथ काँपना बंद हो गया था। वही हाथ जिन्होंने रात दादी के साथ आटा गूँधा था। वही हाथ जिन्होंने सुबह कमला देवी का दरवाज़ा खटखटाया था।

जीत का अहसास होना चाहिए था। पर थकान थी — वो थकान जब पता लगता है कि जो आज किया, वो कल फिर करना होगा। और परसों। और तब कोई ताली नहीं बजाएगा।

सुबह माँ ने फिर कहा था। दाल चलाते हुए, नज़र नीचे। "सोहन लाल की बीवी पूछ रही थी। उनका लड़का जालंधर में है। अच्छा घर है।"

मीना चुप रही थी। क्या कहे? *बीस साल की हूँ और किसानों से मिट्टी के बारे में बहस करती हूँ?* इस गाँव में बीस देरी थी। इक्कीस फुसफुसाहट। बाईस वो चुप्पी जो कोई नहीं तोड़ता।

उसे अपनी सहेली सुनीता याद आई। पिछले साल शादी हुई थी, बठिंडा चली गई थी। कभी-कभी फ़ोटो भेजती थी — नया दुपट्टा, सिनेमा हॉल, मोमोज़ की प्लेट। मीना ने कभी मोमोज़ नहीं खाए थे। पर आख़िरी फ़ोन पर सुनीता की आवाज़ अलग थी। सपाट। "ठीक है," उसने तीन बार कहा था, तीन अलग चीज़ों के बारे में। ठीक। ठीक। ठीक।

तो दो गलियारे थे। शादी करो, चली जाओ, ठीक बन जाओ। या रुको, लड़ो, बनो — क्या? वो लड़की जो बहुत बोलती है। वो जिसकी शादी नहीं हुई। वो जिसकी तरफ़ माँएँ इशारा करती हैं जब बेटी को हाँ बुलवाना हो।

एक कौआ चौपाल की मुंडेर पर बैठा। उसकी तरफ़ देखा। उड़ गया।

और कोई — न सूरज, न प्रताप, न पिता — कभी पूरी तरह नहीं जान पाएगा कि आज सुबह उस दरवाज़े तक चलने में क्या ख़र्च हुआ।

नीला दुपट्टा गोद में तहा था। भरोसे का रंग, दादी कहती थीं। उसने इसे हथेलियों में दबाया।

अंधेरा उतर आया। वो हिली नहीं।

सूरज आया। पास बैठा।

"तूने कर दिखाया।"

मीना ने सिर हिलाया। "मैंने नहीं — कमला देवी ने। मैंने बस कहानी सुनाई।"

"वही तो काम कर गया।"

"पापा — एक बात समझ नहीं आई। हम सही थे। सबूत था, तर्क था। फिर भी कोई नहीं सुना। कमला देवी ने कहा — सब मान गए।"

रमेश देर तक चुप रहे।

"तो हमें हमेशा बड़े लोगों को मनाना होगा?"

"नहीं। बड़े बनना होगा। आज कमला देवी — कल तुम। जब तुम्हारा खेत हरा होगा, और दूसरों का सूखा — तब तुम सही जगह बनोगे।"

सब जगह सींचे पानी — फल लागे ना कोय।

जड़ में डारे बूँद रे — सब पेड़ हरा होय॥

टूटने से बचने की कोशिश

कमला देवी का धक्का काम कर गया। गाँव ने कीटनाशक वापस कर दिया। सक्सेना जी चुपचाप चले गए।

सूरज, प्रताप, मीना — तीनों खुश थे। पर सूरज के दिमाग़ में एक नई चिंता थी।

"इस बार बच गए। पर अगली बार?" कोई और सक्सेना जी आएगा। कोई और बोतल लाएगा। कोई और जाल बिछाएगा।

"मुझे अपनी फसल को हर ख़तरे से बचाना होगा।"

अगले हफ़्ते सूरज बाज़ार गया। वहाँ एक नया स्टॉल था — "आधुनिक खेती के साधन।".

एक आदमी बोल रहा था — "ग्रीनहाउस! ढकी हुई खेती! कोई कीड़ा नहीं। कोई बारिश नहीं। कोई तूफ़ान नहीं। पूरा काबू आपके हाथ में।"

सूरज की आँखें चमकीं।

ग्रीनहाउस। प्लास्टिक की छत। जाली की दीवारें। अंदर — पूरा बंदोबस्त।

कोई कीड़ा नहीं घुस सकता। बारिश से नुकसान नहीं। तूफ़ान से बचाव।

"यही है नई खेती। अब कोई ख़तरा नहीं।"

सूरज ने प्रताप से कहा — "साथ चल। बीस हज़ार लगेंगे। दस-दस।"

प्रताप ने तुरंत हाँ कर दी — उस तेज़ी से जिसमें सोच से पहले हाँ निकल जाती है। सूरज जानता था वो पैसा कहाँ से आएगा। प्रताप की माँ गुड्डी की शादी के लिए आटे के डिब्बों के पीछे एक टिन में जमा कर रही थी। पर प्रताप पहले ही हिसाब लगा चुका था: "सीज़न से पहले दुगना कमा लेंगे। आराम से।"

गाँव में पहला ग्रीनहाउस। दो हफ़्ते में बन गया।

प्लास्टिक की छत। लोहे का फ्रेम। जाली की दीवारें। बीस हज़ार — दस सूरज के, दस प्रताप के। सूरज के अपनी बचत से। प्रताप के उस टिन से।

सूरज ने अंदर टमाटर के पौधे लगाए। सबसे अच्छे बीज। सबसे अच्छी मिट्टी।

"दो महीने में ये सबूत बनेगा। जब टमाटर देखेंगे — सब सुनेंगे।"

एक महीना बीता।

ग्रीनहाउस के अंदर — सब ठीक-ठाक। पौधे हरे-भरे। कोई कीड़ा नहीं।

बाहर — रमेश के खेत में — वही पुराने तरीक़े। कभी कीड़े आते। कभी तेज़ धूप। कभी हल्की बारिश।

सूरज ने सोचा — "पापा के पौधे जूझ रहे हैं। मेरे पौधे आराम से हैं।"

जो भी देखने आता — सूरज दिखाता। "देखो — यही है तरीक़ा। पूरा क़ाबू। कोई ख़तरा नहीं।"

पर एक बात थी।

सूरज ने देखा — ग्रीनहाउस के पौधों के तने पतले थे। बाहर के पौधों के तने मोटे।

"शायद बीज का फ़र्क़ होगा।"

उसने ध्यान नहीं दिया।

एक शाम — आसमान काला हो गया। हवा तेज़ चलने लगी।

रमेश ने कहा — "तूफ़ान आ रहा है।"

सूरज ने ग्रीनहाउस की तरफ़ देखा। "कोई बात नहीं। मेरे पौधे सुरक्षित हैं।"

रात को तूफ़ान आया। ऐसा तूफ़ान जो सालों में नहीं आया था।

हवा जो पेड़ों को तिरछा कर दे। बारिश — मूसलाधार।

सूरज जागा। घर की दीवारें काँप रही थीं। दरवाज़े के नीचे से पानी आ रहा था, ठंडा, पैरों को छूता हुआ। पड़ोसी के गोशाले की चादर उठ रही थी और गिर रही थी, उठ रही थी और गिर रही थी। कहीं कुत्ता रो रहा था — फिर बीच में चुप हो गया।

फिर एक आवाज़ आई। लकड़ी टूटने की नहीं। कुछ जड़ से उखड़ने की।

धड़ाम।

सूरज को पता था। आँखें खोलने से पहले ही। पता था।

सुबह हुई। तूफ़ान थम गया था।

सन्नाटा। वो सन्नाटा जो तूफ़ान के बाद आता है — जब सब कुछ थम जाता है।

सूरज बाहर भागा। और रुक गया।

ग्रीनहाउस... गिर गया था।

प्लास्टिक की छत फटी पड़ी थी — लटकी हुई, जैसे मरे जानवर की खाल। लोहे का फ्रेम मुड़ा हुआ। जाली उखड़ी हुई।

एक गंध थी — गीली मिट्टी और तबाही की, कुचले हुए टमाटरों की। खट्टी। तीखी।

और अंदर...

सारे पौधे — मरे हुए। पतले तने — टूटे। कुछ पौधों की जड़ें हवा में थीं — जैसे मदद माँग रहे हों।

एक कौआ बोला। फिर चुप हो गया। जैसे देख रहा हो।

सूरज वहीं बैठ गया। गीली मिट्टी में। ठंडी। टूटे हुए सपनों के बीच।

बीस हज़ार। एक महीने की मेहनत। एक रात में — राख।

पैरों की आवाज़। प्रताप खड़ा था — मलबे के किनारे। कोई कुछ नहीं बोला।

फिर प्रताप ने कहा, धीरे से: "माँ को पता चल गया पैसों का।"

सूरज ने नज़र नहीं उठाई।

"गुड्डी की शादी दो महीने में है। पैसा उसके सोने के लिए था।" प्रताप की आवाज़ सपाट थी — ग़ुस्सा नहीं, जो और बुरा था। "माँ ने सुबह से बात नहीं की।"

"मैं पैसा लौटाऊँगा। ढूँढ़ लूँगा —"

"पैसे की बात नहीं है।" प्रताप ने मुड़े लोहे को देखा, लटकते प्लास्टिक को। "मैंने तुझ पर भरोसा किया था।"

वो चला गया। तालाब के पार, नीम के पेड़ के आगे, छोटा होता हुआ। तीन चींटियों में से एक, उलटी दिशा में।

सूरज ने टूटे तनों को देखा। पतले। नाज़ुक। कभी परखे नहीं।

आधे घंटे बाद। सूरज उठा। धीरे-धीरे पापा के खेत की तरफ़ चला।

वहाँ भी तूफ़ान की मार थी। कुछ पत्ते गिरे। कुछ टहनियाँ टूटीं।

पर पौधे...

खड़े थे।

झुके हुए। थके हुए। पर खड़े।

सूरज घुटनों पर बैठा। एक तना छुआ — रमेश के पौधे का। मोटा। सख़्त। जगह-जगह निशान — जहाँ पुरानी हवाओं ने मोड़ा था, और वहाँ भर आया था।

फिर उसने अपना हाथ देखा — अभी भी कीचड़ लगी थी, मलबे में बैठने की। उसे अपने पतले तने याद आए। चिकने। अछूते। कभी परखे नहीं।

इन पौधों ने हर तूफ़ान देखा था। हर लू। हर सूखा। और हर एक ने उन्हें मोटा किया था।

वो देर तक बैठा रहा। खेत टपक रहा था। कहीं कौआ बोला, फिर चुप हो गया। कोई नहीं आया।

सूरज ने दोबारा शुरू किया। इस बार अकेले।

ग्रीनहाउस नहीं। खुला खेत।

प्रताप नहीं आया। बाज़ार में मिलते, रघु की चाय पर दिखता — सिर हिलाता, सूरज सिर हिलाता। ग़ुस्सा नहीं। बस सँभलकर। जैसे फ़र्श में छेद हो और उसके गिर्द चलना पड़े।

खेत के कोने में पुराने फ्रेम का मुड़ा हुआ लोहा अभी भी पड़ा था। सूरज उसके पास से गुज़रा। रुका नहीं।

नए पौधे उगे। धीरे। कम सुंदर। कुछ मरे। पर जो बचे — झुके, पर टूटे नहीं।

दो महीने बाद — फिर तूफ़ान।

सूरज बरामदे से देख रहा था, हाथ रेलिंग पर कसे हुए।

पौधे हिले। कुछ पत्ते गिरे। कुछ तने ज़मीन तक झुके।

सुबह — ज़्यादातर फिर खड़े हो गए।

"इन्होंने झुकना सीख लिया।"

ज़ोर से बोला। किसी से नहीं। खेत खाली था। वो रास्ता जहाँ प्रताप आता था — खाली। वो जश्न जो उसने सोचा था — दोनों साथ, यहाँ खड़े — खाली।

पौधे बच गए। और वो उनके साथ अकेला था।

उस मौसम में सूरज के टमाटर सबसे बड़े नहीं थे। सबसे सुंदर भी नहीं।

पर असली थे। बचे हुए थे।

उस शाम — सूरज अपने खेत के किनारे खड़ा था। अकेला।

ढलती धूप ने झुके हुए पौधों को सोने का रंग दे दिया। ऐसा लगा जैसे वो झुक रहे हैं — हार में नहीं, उस तरह जैसे बड़े-बुज़ुर्ग एक-दूसरे को झुककर नमस्ते करते हैं। जो झेला, उसका सम्मान।

सूरज ने एक तना छुआ। मोटा अब। जहाँ झुका था, वहाँ निशान — भरे हुए।

उसे ग्रीनहाउस याद आया। वो परफ़ेक्ट, नाज़ुक चीज़। कितना चाहा था सब कुछ क़ाबू में रखना।

हवा उठी। पौधे हिले। झुके। खड़े रहे।

जो बचाया टूट गया — जो तपा सो कोय।

आँधी झेले पेड़ रे — और मज़बूत होय॥

पुराने चश्मे

तूफ़ान का सबक़ समझ आ गया था। छोटी तकलीफ़ें मज़बूत बनाती हैं।

पर एक नई मुश्किल थी — गाँव के कुछ लोग अब भी नहीं मान रहे थे।

बलदेव सिंह — गाँव का सबसे बड़ा किसान। पचास बीघे ज़मीन। वो अब भी कीटनाशक इस्तेमाल करते थे। अब भी "नए तरीक़ों" पर भरोसा करते थे।

सूरज ने कई बार समझाया। रामू काका का खेत दिखाया। सबूत दिए। तर्क दिए।

बलदेव सिंह हँसते। "बेटा — तू किताबें पढ़। खेती मुझे पता है।"

एक दिन सूरज ने फिर कोशिश की।

"बलदेव काका — देखिए ये कागज़। पाँच साल में कीटनाशक वाली ज़मीन की उपज आधी हो जाती है।"

बलदेव सिंह ने कागज़ देखा भी नहीं।

"ये सब झूठ है। मेरा खेत देख — हर साल अच्छी फसल।"

"पर अगले पाँच साल में..."

बलदेव सिंह गुस्सा हो गए। "तू मुझे सिखाएगा? मैं तीस साल से खेती कर रहा हूँ!"

सूरज चला गया।

उस शाम सूरज ट्यूबवेल के पास पाली पर बैठा था। पैर लटकाए हुए। रमेश वहीं आए।

"पापा — मैं थक गया। बलदेव काका को कितना भी समझाओ — नहीं मानते। सबूत दिखाता हूँ — नहीं देखते। तर्क देता हूँ — नहीं मानते। जितना बोलता हूँ — उतना ज़्यादा अड़ते हैं।"

"क्यों?"

"बेटा — एक कहानी सुना? ये मेरी अपनी कहानी है।"

सूरज ने देखा। पापा ने कभी अपनी कहानी नहीं सुनाई थी।

"तीस साल पहले — मैं तेरी उम्र का था। उन दिनों यूरिया नई चीज़ थी। सरकार बाँट रही थी। मुफ़्त में। मैंने लिया।"

"और बेटा — जादू था। पहले साल — फसल इतनी हरी जितनी कभी नहीं देखी थी। मुझे लगा — ये तो वरदान है। पुराने तरीक़े बेकार हैं।"

"उन दिनों तेरे दादा जी ज़िंदा थे। उन्होंने कहा — 'रमेश, ये ज़हर है। मिट्टी मर जाएगी।'"

"मैंने क्या किया?"

"हँसा। 'बापू जी — आप पुराने हैं। नई चीज़ें नहीं समझते।'"

सूरज चुप रहा। ये तो वही बात थी जो वो खुद सोचता था — पापा के बारे में।

"बेटा — मेरे दिमाग़ में एक नक्शा था। एक नक्शा जो कहता था: नया = अच्छा। पुराना = बेकार।"

"ये नक्शा मेरी आँखों पर चश्मे की तरह था। मैं दुनिया उसी नज़र से देखता था।"

"जब दादा जी ने चेतावनी दी — मैंने उनकी बात नहीं सुनी। क्योंकि मेरी नज़र में वो 'पुराने' थे। और पुराना = बेकार।"

"और बेटा — सबसे डरावनी बात? जब फसल हरी थी — मैंने मिट्टी नहीं देखी। मिट्टी सूख रही थी। ग्रे हो रही थी। केंचुए मर रहे थे।"

"पर मैंने नहीं देखा। क्योंकि मेरी नज़र सिर्फ़ फसल पर थी। मिट्टी मेरे नक्शे में थी ही नहीं।"

"फिर आपको कैसे पता चला?"

रमेश ने अपने हाथ देखे। लकीरों में सालों की मिट्टी।

"तीसरे साल — मैं कुएं के पास खोद रहा था। एक ढेला पलटा। कोई केंचुआ नहीं। एक भी नहीं। पहले हर मुट्ठी में पाँच-छह दिखते थे। मैंने सोचा — गलत जगह खोद रहा होगा।"

"पाँचवें साल — फसल आधी हुई। छठे साल — और कम। सातवें साल — एक सुबह खेत में गया। मिट्टी ग्रे थी। भूरी नहीं — ग्रे। राख जैसी। उठाई तो उँगलियों से फिसल गई। कोई वज़न नहीं। कोई ज़िंदगी नहीं।"

"तब मुझे दादा जी की बात याद आई। और बेटा — तब भी मुझे यकीन नहीं हुआ। मैंने सोचा — मौसम ख़राब था। बीज ख़राब थे। किस्मत ख़राब थी। बस मैंने जो किया — वो नहीं।"

"बेटा — तू बलदेव से तर्क कर रहा है। सबूत दे रहा है। कागज़ दे रहा है। पर वो क्या देखता है?"

सूरज रुका। *एक बच्चा जो उसे सिखाने की कोशिश कर रहा है।*

"तो मैं क्या करूँ?"

रमेश चुप रहे।

सूरज बलदेव सिंह के पास गया।

"बलदेव काका — आप मेरे साथ चलोगे? बस आधा घंटा।"

बलदेव सिंह ने देखा। इस बार लड़के के हाथ में कोई रिपोर्ट नहीं थी। कोई किताब नहीं।

"चल।"

वो दोनों रामू के खेत की तरफ़ चले। कोई नहीं बोला। रास्ता वहीं से गुज़रा जहाँ नाला सूख गया था — किनारे पर घास उग आई थी जहाँ पानी बहता था। एक कौआ खंभे पर बैठा था, देख रहा था।

सूरज ने कुछ नहीं कहा। बस खड़ा रहा।

बलदेव सिंह ने देखा। बंजर ज़मीन। सूखी। फटी। मरी हुई।

"ये क्या है?"

सूरज चुप रहा।

"ये रामू का खेत है?"

सूरज ने सिर हिलाया।

बलदेव सिंह झुके। मिट्टी उठाई। सूखी। ग्रे। उँगलियों के बीच से फिसली और बिना आवाज़ गिरी। कोई महक नहीं। मरी मिट्टी में महक नहीं होती। ज़िंदा मिट्टी में गंध होती है। इसमें कुछ नहीं था।

"पाँच साल पहले ये खेत... सबसे अच्छा था।"

हवा चली। सूखी ज़मीन पर से — धूल भी नहीं उठी। सतह सख़्त, पकी हुई, जैसे मिट्टी ने हार मान ली हो।

बलदेव सिंह खड़े रहे। लंबे समय तक।

उन्हें अपना खेत याद आया। वो भी कभी ऐसा ही हरा-भरा था — रामू का।

पिछले साल उपज कम हुई थी। उसने सोचा था — मौसम ख़राब था।

उसका हाथ अभी खुला था। ग्रे रंग की धूल हथेली पर।

"सूरज। ये... ये कैसे हुआ?"

सूरज ने अब भी कुछ नहीं कहा। बस रामू काका की तरफ़ इशारा किया। रामू मरे खेत के किनारे पर बैठा था। पालथी मारे फटी ज़मीन पर, जैसे किसी की अर्थी के पास बैठते हैं। पगड़ी ढीली थी। कुछ नहीं कर रहा था — बस बैठा था।

बलदेव सिंह रामू के पास गए।

"रामू भाई — ये कैसे हुआ?"

रामू की आँखों में पानी आ गया।

"बलदेव — वही कीटनाशक। पहले साल जादू। दूसरे साल और चाहिए। तीसरे साल मिट्टी थकी। पाँचवें साल — ख़त्म।"

"और अब?"

"अब? अब तो बस इंतज़ार है। शायद दस साल में मिट्टी वापस आए। शायद न आए।"

बलदेव सिंह और सूरज वापस चले। रास्ते में बलदेव सिंह कुछ नहीं बोले। उनके हाथ नीचे लटके थे। एक बार उन्होंने उँगलियाँ रगड़ीं — जैसे कुछ छुटाने की कोशिश हो, कुछ जो छूटे नहीं।

गाँव के पास पहुँच कर रुके। सूरज की तरफ़ मुड़े।

"सूरज। तूने पहले क्यों नहीं दिखाया?"

"दिखाया था काका। पर मैं बोलता भी रहा।"

बलदेव सिंह ने सिर हिलाया। फिर चल दिए।

एक हफ़्ते बाद — चाय की दुकान पर सूरज ने सुना।

बलदेव सिंह अपने बेटे से बोल रहे थे, इतनी ज़ोर से कि पूरी मेज़ सुने: "नहर वाला कोना छोड़ दे। कोई दवाई नहीं। देखते हैं मिट्टी क्या करती है अपने आप।"

बेटे ने चाय से आँख उठाई। बलदेव ने कुछ नहीं समझाया। बस चाय हिलाई और पी।

उस शाम सूरज वापस ट्यूबवेल पर आया। रमेश वहीं बैठे थे। दोनों वहीं बैठे जहाँ सुबह बैठे थे। देर तक कोई नहीं बोला।

"पापा — आपने सात साल लगाए।"

"हाँ।"

"बलदेव काका — एक मुलाक़ात।"

रमेश ने अँधेरे होते खेतों की तरफ़ देखा।

"उसने रामू का चेहरा देखा। मेरे पास किसी का चेहरा नहीं था देखने को। बस अपनी मिट्टी, धीरे-धीरे मरती हुई। वो पढ़ना मुश्किल है।"

कान सुने मत मान रे — आँख दिखे तब कोय।
हरा खेत जो देख ले — पुराना नक्शा खोय॥

सवाल फैलाओ

बात फैल गई थी।

दूसरे गाँवों से लोग आने लगे — "सुना है यहाँ कुछ अलग हो रहा है।"

पाँच-छह किसान। धूल भरे कपड़े, चप्पलें घिसी हुई। दो घंटे पैदल आए थे। चौपाल पर बैठे, पानी पी रहे थे।

सूरज को बुलाया गया।

उसका दिल तेज़ धड़क रहा था। पहली बार कोई बाहर से पूछने आया था। पहली बार उसकी बात का वज़न था।

"बता — क्या किया तुमने?"

सूरज ने बताना शुरू किया।

खड़ा हो गया। टहलने लगा बिना सोचे। आवाज़ ऊँची हो गई।

पूरी कहानी। सक्सेना जी और ज़हर। रामू का खेत और मरी मिट्टी। कमला देवी और वो थप्पड़। ग्रीनहाउस और तूफ़ान। बलदेव सिंह और हथेली पर ग्रे रंग की धूल। सब कुछ। एक घंटा। रुका नहीं। पूछा नहीं कि समझ रहे हैं कि नहीं। बस उंडेलता रहा।

जब ख़त्म हुआ — साँस फूल रही थी। गला सूखा था। सूरज को लगा, काम हो गया। उसने वो सब दे दिया जो उसके पास था।

लोग सुनते रहे। सिर हिलाते रहे।

फिर उठे। हाथ जोड़े। चले गए।

सूरज ने उनकी पीठ देखी — जैसे आते वक़्त थी, वैसी ही जाते वक़्त। वही धूल भरे कपड़े, वही घिसी चप्पलें, वही चाल। उनके पास कुछ नया नहीं था।

दो हफ़्ते बाद — सूरज को पता चला।

उन गाँवों में कुछ नहीं बदला।

वही कीटनाशक। वही तरीक़ा। वही समस्याएँ।

⊙

शाम हो रही थी जब ख़बर आई। सूरज खेत के किनारे पाली पर बैठा, घुटने समेटे हुए। आसमान नारंगी हो रहा था। कहीं एक बच्चा बकरी बुला रहा था। सूरज वहीं बैठा रहा — पाँच अध्याय जीकर सीखे। एक घंटे में बता दिए। और कुछ नहीं हुआ।

"मैंने तो सब बताया था!"

⊙

रमेश बरामदे में बाँस की टोकरी बुन रहे थे। हाथ चलते रहे। बातें धीमी।

"तूने बहुत ज़्यादा बोल दिया। यही गड़बड़ है।"

सूरज ने देखा।

"अगली बार — एक कहानी सुना। बस एक। सबसे मज़बूत। छोटी रख। गहरी बैठने दे।"

सही लगा। रमेश की सलाह हमेशा सही लगती थी।

⊙

अगला किसान आया। अकेला। धरमपाल — पतला, लंबा, तीन बीघे सूखी नदी के पास। चेहरे पर पसीना, अपने खेत की चिंता आँखों में लिए।

सूरज ने वही किया जो रमेश ने कहा। एक कहानी। छोटी। सबसे मज़बूत — रामू का खेत, मरी मिट्टी, सलेटी धूल।

धरमपाल ने सुना। धीरे सिर हिलाया। हाथ जोड़े। चला गया।

तीन हफ़्ते बाद — कुछ नहीं बदला। वही कीटनाशक। वही धरमपाल।

सूरज पाली पर बैठा रहा। रमेश की सलाह भी नाकाम रही।

पास एक बच्चा बैठा था। पाँच-छह साल का। मिट्टी में खेल रहा था।

"भैया, वो खेत भूरा क्यों है?"

"क्योंकि मिट्टी मर गई है।"

"क्यों?"

"दवाई की वजह से।"

"दवाई क्यों डाली?"

"क्योंकि किसान को ज़्यादा फसल चाहिए थी।"

"ज़्यादा क्यों चाहिए थी?"

"क्योंकि —" सूरज रुका।

बच्चा मुश्किल नहीं कर रहा था। बच्चे बस वही करते हैं जो जानते हैं — *क्यों* पूछते रहो जब तक असली जवाब न आ जाए।

दादा ऐसा करते थे। रमेश नहीं। दादा। तालाब के किनारे, सवाल पर सवाल पूछते थे जब तक विक्रम ने ख़ुद नहीं ढूँढ़ लिया।

सूरज ने बच्चे को देखा।

अगले किसान पर आज़माया — चौपाल पर बैठे, धूप दबा रही थी, मक्खियाँ मंडरा रहीं थीं।

"तुम्हारे खेत में क्या हो रहा है?"

"फ़सल कमज़ोर है।"

"कब से?"

"दो-तीन साल।"

"उससे पहले कैसी थी?"

"अच्छी थी।"

"क्या बदला दो-तीन साल पहले?"

आदमी रुक गया।

"...नई दवाई शुरू की थी।"

उसकी आवाज़ बदल गई। जैसे कुछ अंदर से टूटा हो।

"और?"

"...और... ज़्यादा डालने लगे।"

आदमी ने अपने हाथ देखे। जैसे उन्हीं हाथों ने ज़हर डाला था।

"तो समस्या क्या है?"

लंबी चुप्पी। एक कौआ बोला। हवा चली।

"...दवाई?"

उसकी आँखें चमकीं — पर ख़ुशी की चमक नहीं। उस आदमी की चमक जो अँधेरे में दीवार से टकराता रहा और अचानक दरवाज़ा मिल गया।

उसने फिर अपने हाथ देखे। उलटे-पलटे। धीरे से। फिर सूरज की तरफ़ देखा — जवाब के लिए नहीं। बस ये जानने के लिए कि किसी और ने भी देखा था जो उसने अभी देखा।

सूरज चुप रहा।

कुछ हफ़्तों बाद सूरज बलदेव सिंह के खेत के पास से गुज़र रहा था। बलदेव अपने पड़ोसी तेजपाल से बात कर रहे थे।

"तेरी गेहूँ पिछले साल अच्छी थी?"

"ठीक-ठाक।"

"और इस साल?"

तेजपाल हिला। "कम।"

"कितनी कम?"

"...शायद तिहाई।"

"क्या बदला?"

सूरज ठिठक गया। ये उसका सवाल था। बलदेव सिंह के मुँह से निकल रहा था। वही आदमी जो छह महीने पहले एक शब्द नहीं सुनता था।

तेजपाल देर तक चुप था। फिर: "यूरिया दुगना कर दिया।"

बलदेव ने धीरे से सिर हिलाया। कुछ नहीं बोले। चल दिए।

सवाल कूद गया था। सूरज से बलदेव तक। अब बलदेव से तेजपाल तक। और आगे भी कूदेगा।

एक दिन सूरज हाट में था। रस्सी ख़रीद रहा था। पसीना, मवेशी, गुड़ और ताज़ी गोबर की गंध। चाय की दुकान पर दो किसान बहस कर रहे थे — कीटनाशक के बारे में।

दोनों बीस परिवारों में से नहीं थे। बाहर के थे। किसी गाँव से जहाँ सूरज कभी गया नहीं था।

"ये कहाँ से सुना तूने?"

"किसी ने सवाल पूछा था। 'पाँच साल बाद मिट्टी का क्या होता है?' मैं सोचता ही रह गया।"

सवाल चला गया था। सूरज के बिना। तीन चीटियों के बिना। अपनी ज़िंदगी जी रहा था।

सूरज खड़ा रहा। एक हाथ में रस्सी। हाट का शोर चलता रहा — सबज़ीवाला चिल्ला रहा था, साइकिल की घंटी, एक बच्चा बकरी खींच रहा था — पर सूरज को कुछ नहीं सुनाई दे रहा था।

उस रात बुंध पर बैठकर उसने वही तरीक़ा अपने ऊपर आज़माया।

मैं ये क्यों कर रहा हूँ?

क्योंकि गाँव को ज़रूरत है।

तुझे क्यों फ़र्क़ पड़ता है?

क्योंकि दादा ने सिखाया।

उससे क्यों फ़र्क़ पड़ता है?

क्योंकि अगर सवाल रुक गए, तो मतलब वो बेकार जिए।

उस सवाल के साथ देर तक बैठा रहा। तारों से कोई मदद नहीं मिली।

फिर घर चलते — एक बोझ जिसका नाम नहीं। गाँव में सब सूरज के पास आते थे। सवालों के साथ। टूटी चीज़ों के साथ। पर जब सूरज रात को बुंध पर अकेला बैठता था — वो किसके पास जाता था? रमेश, हाँ। पर रमेश पिता थे। दोस्त नहीं। बराबर नहीं।

प्रताप सुनता। पर प्रताप कहता — *इतना सोच मत, यार*। मीना समझती — पर उस गाँव में, वो कभी अकेले नहीं थे, बिना बात के।

कुछ बोझ होते हैं जिन्हें उठाने वाला कोई नहीं होता।

सिखाया लाख बार रे — सुनी ना गाँव कोय।

बीज पूछ का बो दिया — फसल आप ही होय॥

बाँटना है बचाना

सूरज के सवाल फैल रहे थे।

पर एक डर था।

उस सुबह दादा को खाँसी का दौरा पड़ा था। इतनी देर तक कि माँ पानी लेकर आई। दादा प्याला पकड़ नहीं पा रहे थे — माँ ने लोटा होंठों पर रखा। पानी ठोडी पर बह गया। कमरे में सरसों के तेल और पुरानी रूई की गंध थी। लाठी दीवार से गिर गई थी — ज़मीन पर पड़ी, और किसी ने नहीं उठाई।

सूरज दरवाज़े में खड़ा था। अंदर नहीं गया। पेट में कुछ भारी हो गया — जैसे वक़्त ने हाथ रख दिया हो और उठा नहीं।

वो आवाज़ — जिसने सूरज को मिट्टी और बीज और देखना सिखाया — पतली हो रही थी। जैसे नदी सूख जाती है।

"अगर मैं न रहा..."

"तो ये सब कैसे टिकेगा?"

मीना ने कहा — "लिख दो। एक किताब बना दो।"

"किताब कौन पढ़ेगा?" प्रताप बोला। "गाँव में किताब कौन पढ़ता है? और जो पढ़ता भी है — पढ़कर भूल जाता है।"

रमेश ने कहा — "दादा के पास कोई किताब नहीं थी। फिर उनका ज्ञान कैसे टिका?"

सूरज ने दादा की कोठरी की तरफ़ देखा। कोई किताब नहीं। कोई नोटबुक नहीं। बस एक लाठी। एक लोटा। और उनकी आवाज़ — जो अब पतली होती जा रही थी।

सूरज दादा के पास गया।

"दादा — ज्ञान कैसे टिकता है? सचमुच। पीढ़ियों तक?"

दादा देर तक चुप रहे। साँस धीमी थी।

"तू कोई गीत जानता है?"

"गीत?"

"दादी गाती थीं ना। पुराने गीत।"

"हाँ, कुछ।"

"किसने लिखे?"

सूरज ने सोचा। "पता नहीं।"

"बिल्कुल। किसी को नहीं पता। पर गीत टिका। सैकड़ों साल। किताबें जलती हैं। कागज़ सड़ता है।"

आँखें बंद कीं। जैसे बोलना भी मेहनत हो गई हो।

"गीत से सीख।"

बस इतना कहा दादा ने।

सूरज कमरे से निकला — तीन शब्द कानों में गूँजते हुए।

गीत से सीख।

शाम को बरामदे में बैठा। कॉपी घुटने पर, ढलती रोशनी में।

सब कुछ कैसे छोटा करें?

कोशिश की। किताबी वाक्य — काट दिए। सीधी चेतावनी — सपाट, कोई तस्वीर नहीं। बोलकर देखा — शब्द मुँह में गूँजे, फिर टूट गए। कागज़ मैला हो रहा था — पेंसिल की धारियाँ और पसीने के दाग़। ताल नहीं बैठ रही थी।

तब कहीं से आवाज़ आई — माँ अंदर लोरी गा रहीं थीं। धीमी ताल, लंबी तान। वही लोरी जो छोटे में सुनाई थी।

सूरज रुका। सुना। आँखें बंद कीं।

खेत याद आया। पापा के हाथों में दो मिट्टियाँ — एक ज़िंदा, एक मरी। हरी बोतलें धूप में चमकतीं। सक्सेना जी की मुस्कान।

कौन सी तस्वीर पकड़े 'अभी अच्छा, कल मारे'?

फल। जल्दी का फल। मीठा, पर —

कलम चली। कुछ खुल गया था। सोच नहीं — महसूस। ताल शब्दों को खींच रही थी जैसे दाई।

अगले कुछ दिनों में — तीनों ने मिलकर तीन दोहे बनाए।

हर समझ के लिए एक:

१. छिपा ज़हर

जल्दी का फल मीठा लगे, पर जड़ में ज़हर समाय।
पाँच बरस का हिसाब कर — तब असली रंग दिखाय॥

२. तूफ़ान से दोस्ती

जो बचाया टूट गया, जो झेला वो खड़ा।
बाँस झुके फिर सीधा — काँच टूटा, लोहा अड़ा॥

३. सवाल फैलाओ

जवाब दे दो भूल जाए, सवाल पूछो तो जागे।
जो सवाल बाँटे गाँव में — सोच हज़ारों में आगे॥

तीन दोहे। सात नहीं। सूरज ने बारह लिखे थे — पर नौ अपने आप गिर गए। जैसे कमज़ोर बीज नहीं उगते। जो बचे — उनमें ताल थी। सुनो तो भूल नहीं सकते।

दादा ने सुना। एक बार सिर हिलाया। बस।

इतना काफ़ी था।

"पर इन्हें ले जाएगा कौन?"

सूरज ने देखा — दादा दरवाज़े में खड़े थे, लाठी का सहारा लिए। पिछले महीने से पतले। कब से वहाँ थे?

"किसानों को —"

"नहीं। उनके बच्चों को।"

दादा ने दरवाज़े का सहारा लिया। फिर चारपाई का किनारा पकड़ा। पहले घुटने — सूखी लकड़ी जैसी आवाज़। फिर लंबी साँस छोड़ी। बैठ गए।

अगले रविवार — सूरज ने चौपाल पर बच्चे बुलाए। सात आए। कुछ उत्सुक, कुछ माँओं ने धकेले थे।

पहला दोहा सिखाया। बच्चों ने दोहराया। गलत। फिर दोहराया। अलग तरह से गलत। चौथी बार — एक लड़की, मुन्नी, शायद आठ साल की, घुटने पर इमली के पेड़ चढ़ने का निशान — ताली बजाने लगी। बाक़ी पीछे आ गए। जल्दी ही खेल बन गया —

"फसल मरे तो पाँच में गिनो! फसल मरे तो पाँच में गिनो!"

बच्चे भागे। हँसते हुए। शब्द उनके साथ भागे।

उस रात — सूरज दादा की कोठरी में गया। दादा सो रहे थे। थके हुए। बूढ़े।

"जब दादा नहीं रहेंगे — उनका क्या बचेगा?"

फिर उसने सुना — बाहर से आवाज़ आ रही थी। मुन्नी। इमली वाली लड़की। अँधेरे में गा रही थी — "जो बोया सो काटना — ये संसार का न्याय..."

सूरज मुस्कराया।

बोरे में रखा बीज रे — घुन खाए सब खोय।
मिट्टी में जो बो दिया — लाख बीज फिर होय॥

समझने की किताब समाप्त

भाग तीन: करने की किताब

बैसाखी तीन दिन बाद थी। कहीं ढोल बज रहा था — ताल अधूरी, उम्मीद सी।

सूरज खेत के किनारे बैठा था। ठूँठ। दोपहर की धूप। सूखी मिट्टी की गंध और दूर कहीं जलने की गंध।

पास एक हल पड़ा था — तीन सुबह पहले धार लगाई, तेल लगाया, रख दिया। खेत इंतज़ार में।

रमेश आए। पास बैठे। दोनों चुप रहे।

एक कौआ सिंचाई के पाइप पर आया। दोनों को देखा। उड़ गया।

"पिताजी।"

"हम्म।"

"हमने बहुत समझा। चीज़ें कैसे जुड़ती हैं। कहाँ धक्का देना है। छिपा कैसे देखना है। दोहे भी बनाए जो बच्चे गाते हैं।"

एक सूखा तिनका उठाया। तोड़ा।

"पर किया क्या?"

दूर ढोल की ताल टूटी। फिर लौटी।

रमेश देर तक चुप रहे। फिर:

"तूने पकड़ लिया।"

"क्या पकड़ा?"

"समझ तरक्की जैसी लगती है। पर जब तक पैर नहीं हिले — तरक्की बस तरक्की ही रहती है।"

वो उठे। कुर्ते से धूल झाड़ी।

"देखने की किताब पढ़ी। समझने की किताब पढ़ी। अब सबसे कठिन किताब आती है।"

"करने की?"

"हाँ। और ये किताब तुझे ख़ुद लिखनी होगी।"

सूरज ने खाली खेत देखा। ठूँठ जो जोतने का इंतज़ार कर रहे थे। कुछ नया बोना होगा।

सोच सोच के थक गया — हिला पाँव ना कोय।
हल जो धरती छू लिया — तब ही फसल होय॥

पहला कदम

"तो शुरू कहाँ से करूँ?"

"तूने क्या सीखा था सबसे पहले?"

"चक्र।"

"तो पहला कदम?"

"एक चक्र तोड़ूँ।"

"गाँव में सबसे बड़ा चक्र कौन सा है?"

"कर्ज़ का चक्र?"

"बताओ, कैसे चलता है?"

सूरज ने बताया: "फसल कम होती है — तो पैसा कम आता है — तो कर्ज़ लेना पड़ता है — तो ब्याज देना पड़ता है — तो अगले साल और कम पैसा — तो और कर्ज़ — और ब्याज — और कम..."

"तो इसे कहाँ तोड़ोगे?"

"फसल बढ़ाएँ?" "कैसे? रसायन से? वो तो और चक्र बना देगा।"

"खर्च कम करें?" "कहाँ से? पहले से कम है।"

सूरज फँस गया। चारों तरफ़ देखा — जैसे ज़मीन में जवाब गड़ा हो।

तभी पीछे से आवाज़ आई — "बेटा, चक्र में सबसे कमज़ोर कड़ी कौन सी है?"

दादा थे। लाठी के सहारे धीरे-धीरे। पिछले महीने से और पतले — कुर्ता ढीला लटक रहा था। साँस भारी। पर आँखों में वही पुरानी चमक।

सूरज ने फिर देखा। "कर्ज़ कहाँ से लेते हैं?" "साहूकार से।"

"क्यों?" "क्योंकि... बैंक नहीं देता।" "बैंक क्यों नहीं देता?" "कागज़ी काम। दस्तावेज़। समय।"

"और साहूकार?" "तुरंत देता है। बिना कागज़। बिना सवाल। बस ब्याज ज़्यादा।"

"यही है कमज़ोर कड़ी।"

"अगर गाँव में कोई ऐसा हो — जो तुरंत पैसा दे सके — बिना ज़्यादा कागज़ — और साहूकार से कम ब्याज पर — तो चक्र टूट जाएगा।"

सूरज की आँखें चमकीं।

"सहायता समूह! सब मिलकर थोड़ा-थोड़ा जमा करें। जिसे ज़रूरत हो — उसे दे दें। ब्याज कम। कागज़ कम।"

उसी शाम — सूरज ने बैठक बुलाई।

कमला का दरवाज़ा सबसे पहले खुला। हाथों पर हल्दी। आँखें सूखी — वो सूखापन जो रोने के बाद आता है।

अंदर अँधेरा था। दीवार पर एक तस्वीर — भोला, जवान, मुस्कराता हुआ, एक बाँह गाय के गले में। तस्वीर पर सूखे गेंदे की माला — फूल हाल ही में बदले गए थे, पंखुड़ियों में अभी रंग था।

"भोला इसी चक्र में मरा। बताओ कहाँ आना है।"

चौपाल पर दिया जल रहा था। कीड़ों की आवाज़। हवा में गोबर और धूल की गंध।

प्रताप आया। मीना आई। रामू काका आए — धीरे-धीरे, लाठी पकड़े, जैसे हर कदम में हिचकिचाहट हो। कमला आई। बलदेव सिंह भी — बाँहें बाँधे, चेहरे पर वो भाव जो कहता है "सुनूँगा, मानूँगा नहीं।"

बीस लोग।

"हर महीने — सौ रुपए।" "सब मिलाकर — दो हज़ार।" "जिसे ज़रूरत हो — उसे दे दो।" "ब्याज — साहूकार से आधा।"

बलदेव सिंह बोले — "और पैसा डूब गया तो? वापस नहीं आया तो?"

सूरज चुप रहा। ये सवाल सही था।

"बलदेव भाई, पिछले साल तुम्हारा बेटा बीमार हुआ था।"

"कहाँ से पैसा लिया था?"

बलदेव सिंह चुप रहे। उनका चेहरा बदला — जैसे किसी ने पुराना घाव छू दिया हो।

"साहूकार से। दस प्रतिशत महीना।"

"अभी तक भर रहे हो?"

"हाँ।"

"देखो — अगर उस समय ये समूह होता —"

"तीन प्रतिशत पर मिल जाता।"

"आज तक चुक गया होता।"

बलदेव सिंह चुप रहे।

पर आँखें सोच रही थीं।

"तो कौन शुरू करेगा?"

चुप्पी।

आँगन की दीवार के पार से हैंडपंप एक बार चरचराया — लोहा लोहे पर, पानी पत्थर पर — फिर ख़ामोश।

कोई नहीं हिला। दिए की लौ काँपी। एक कुत्ता भौंका, दूर कहीं।

सूरज ने देखा — बीस चेहरे। कुछ ज़मीन देख रहे थे। कुछ एक-दूसरे को। कोई अपनी चप्पल की धूल साफ़ कर रही थी। कोई होंठ चबा रहा था। कोई पहला नहीं बनना चाहता था। सब जानते थे कि नदी में उतरना चाहिए। पर पानी ठंडा है। और पहला कदम सबसे ठंडा।

पाँच सेकंड। दस। पंद्रह।

सूरज का दिल डूबने लगा।

तभी पीछे से खाँसी सुनाई दी।

सब ने पीछे देखा।

रामू काका उठ रहे थे। धीरे-धीरे — जैसे हर जोड़ में दर्द हो। लाठी ज़मीन पर टिकी। एक हाथ पीठ पर। हाथ काँप रहे थे।

रामू काका — जिनका खेत बंजर हो चुका था। जिनके पास अब कुछ नहीं बचा। जो पिछले दो साल से सभाओं में बैठते थे पर कभी बोलते नहीं थे।

सबकी नज़रें उन पर गड़ गईं।

हाथ धीरे से कुर्ते की जेब की तरफ़ गया — वो जेब जो कोने से फटी हुई थी, जिसमें सुई का पैबंद लगा था।

उँगलियाँ काँप रही थीं।

मुड़ा-तुड़ा सौ का नोट निकला। इतना मुड़ा कि लगता था महीनों से वहीं पड़ा है — किसी दिन के लिए बचाया हुआ, बिना जाने कौन सा दिन।

"मैं।"

आवाज़ इतनी धीमी थी कि सामने वालों ने भी मुश्किल से सुनी। पर सन्नाटे में — जहाँ बीस लोगों की साँसें भी रुकी हुई थीं — वो एक शब्द गूँजा।

"ये रहा।"

नोट सूरज के हाथ में रखा। सूरज ने नोट देखा। हल्का। पुराना। उस पर मिट्टी का निशान।

रामू काका की पत्नी पीछे से देख रही थीं। उनकी आँखों में पानी था — पर होंठ बंद। जैसे बोलना इस पल को तोड़ देगा।

एक पल — कुछ नहीं हुआ।

फिर प्रताप उठा। फिर मीना। फिर कमला — दो सौ रुपये लेकर। "भोला की आख़िरी बचत," उसने कहा। "वो चाहता कि यहाँ लगे।"

एक-एक करके — पंद्रह हाथ उठे।

पंद्रह सौ रुपए।

बहुत नहीं था।

पर शुरुआत थी।

दो हफ़्ते बाद — पहला मौक़ा आया।

गोपाल सुबह-सुबह आया। आँखों के नीचे काले घेरे। हाथ में रस्सी — जो बकरी के गले में बँधी थी। बकरी खड़ी भी मुश्किल से हो पा रही थी।

गोपाल की बकरी बीमार थी।

इलाज — आठ सौ रुपए।

पहले वो साहूकार के पास जाता।

इस बार — समूह के पास आया।

"भाई, मदद चाहिए।" "कितना?" "आठ सौ।" "कब तक लौटाओगे?" "दो महीने।" "ब्याज — तीन प्रतिशत महीना।"

गोपाल की आँखें चमकीं। "साहूकार दस लेता है!"

"हाँ। इसीलिए समूह बनाया।"

दो महीने बाद — गोपाल ने पैसे लौटाए। आठ सौ + अड़तालीस ब्याज। अगर साहूकार से लेता — एक सौ साठ ब्याज देता। एक सौ बारह रुपए बचे।

छोटी रकम। पर गोपाल के चेहरे पर जो मुस्कान थी — वो बड़ी थी। "पहली बार — कर्ज़ का बोझ हल्का लगा।" बार-बार जेब में हाथ डालता था जहाँ रसीद पड़ी थी — जैसे देख रहा हो कि असली है। उसकी बकरी, अब तंदुरुस्त, घुटने से टकराती रही। गोपाल हँसा — वो हँसी जो सूरज ने महीनों में नहीं सुनी थी।

रमेश ने सूरज की तरफ़ देखा।

"देखा?"

बस। इतना काफ़ी था।

मुँह कहे सौ बार रे — हिले गाँव ना कोय।
हाथ दिखाए एक रे — पुराना भरम खोय॥

छोटे से बड़ा

समूह चल रहा था।

पंद्रह से बीस हो गए। बीस से पच्चीस।

तीन और कर्ज़ दिए। तीनों वापस आए।

पर एक समस्या थी।

सूरज हर बैठक में जाता था।

हर फ़ैसला करता था।

हर हिसाब रखता था।

रजिस्टर के पन्ने स्याही से चिपक रहे थे। उँगलियों पर स्याही के निशान।

थक गया।

"पिताजी, मैं अकेला नहीं कर पाऊँगा।"

"ये कौन सा ढर्रा है?"

"अकेले की ज़िंदगी।"

"सब मुझ पर टिके हैं।"

"मैं गया तो सब रुक जाएगा।"

"ये तो कमज़ोर बनावट है।"

"चींटियों में कोई मुखिया नहीं होता। फिर भी पूरा शहर बनाती हैं।"

"कैसे?"

"सीधी रीतें। सब निभाती हैं।"

"तो गाँव के लिए सीधी रीतें क्या होंगी?"

अगली बैठक में सूरज ने कहा:

"मैं हमेशा नहीं रहूँगा।"

लोग चिंतित हुए।

"पर समूह चलता रहेगा।"

"कैसे?"

"तीन रीतें।"

"पहली रीत — हर महीने बैठक। पूर्णिमा की रात। मैं रहूँ या न रहूँ। बस इकट्ठे हो जाओ।"

"दूसरी रीत — सबकी बात सुनो। हर किसी को बोलने का मौक़ा। कोई भी फ़ैसला — बिना सबकी राय के नहीं।"

"तीसरी रीत — एक सिखाए एक को। जो सीखे — वो किसी और को सिखाए। मैंने प्रताप को सिखाया। प्रताप मीना को सिखाएगा। मीना किसी और को।"

अगले महीने — सूरज नहीं आया।

जानबूझकर।

वो घर में बैठा था। खाना सामने रखा था पर खाया नहीं। पैर हिला रहे थे। बार-बार दरवाज़े की तरफ़ देखता था — जैसे कोई आएगा और बताएगा कि बैठक बिखर गई। क्या होगा अगर सब टूट गया? कभी-कभी हवा में बड़बड़ाहट आती — कभी चुप्पी। चुप्पी बुरी थी।

वो देखना चाहता था — क्या होगा? छत से प्रताप के आँगन में लालटेन दिखी — कोई वहाँ था।

प्रताप घबरा गया।

"सूरज नहीं आया... क्या करें?"

उसका हाथ काँप रहा था। बीस लोग बैठे थे — सबकी नज़रें प्रताप पर। दिए की लौ भी उसे देख रही थी।

मीना बोली — "पहली रीत याद है?"

"पूर्णिमा की रात — हर महीने।"

"मैं रहूँ या न रहूँ।"

"हाँ... बैठक तो होगी।"

प्रताप ने बैठक चलाई।

पहले आवाज़ काँपी। हाथ पसीने थे। दो बार रुका — "मैं भी पहली बार कर रहा हूँ" — पर फिर आगे बढ़ा। कमला ने रजिस्टर की तरफ़ इशारा किया — "ये रहा, कुल इतना।"

थोड़ा अटका। थोड़ा भूला।

पर बैठक हुई।

एक नया कर्ज़ दिया गया। पुराना वापस आया। हिसाब लिखा गया।

"कैसी रही?" "मुश्किल थी... पर हो गई।"

जो सूरज नहीं जानता था: प्रताप सुबह से खेत में था। खरपतवार निकाल रहा था — क्योंकि कल रात की बैठक के बाद दिमाग़ रुकता नहीं था। हाथ चलते रहते थे क्योंकि दिमाग़ नहीं रुकता था। हर ग़लती दोबारा दिख रही थी — वो नंबर जो भूला, वो पल जब कमला ने रजिस्टर की तरफ़ इशारा किया था और वो अपने दोस्त की लिखावट नहीं पढ़ पाया था।

पर वो लौटा था। वो कह सकता था *फिर कभी नहीं*। पर उसने अँधेरे में खेत की राह पकड़ी थी — एकलौता काम जहाँ कुछ सही होने की ज़रूरत नहीं थी।

सूरज मुस्कुराया।

एक महीने बाद — दूर के मोहल्ले से कुछ लोग आए। "हमने सुना — तुम्हारे यहाँ कुछ अच्छा हो रहा है। हमें भी बताओ।"

पुराना तरीक़ा होता — ख़ुद जाता। सब सिखाता। समूह बनाता। पर अब?

"मैं नहीं जाऊँगा।" लोग हैरान। "प्रताप जाएगा।"

"मैं?" "हाँ। तू जानता है। तूने किया है।"

"और वहाँ से कोई यहाँ आएगा — सीखने। फिर वो किसी और को सिखाएगा।"

प्रताप गया।

वहाँ एक लड़की थी — कविता।

छोटी, पतली, बाल चेहरे पर हमेशा गीले। पर आवाज़ में धार थी — जैसे हर शब्द पर ध्यान देती है। उसने सवाल ऐसे पूछे जैसे उसके गले में काँटा था। एक हफ़्ते में वो सब पूछ रही थी जो प्रताप को सीखने में तीन महीने लगे थे।

कविता ने सीखा।

उसने वहाँ समूह बनाया। पहली बैठक में खुद रजिस्टर लाई — प्रताप वाली नहीं, अपनी।

फिर कविता ने पड़ोस की बस्ती में एक और समूह बनाया।

गाँव में पाँच समूह। सूरज ने कोई नहीं बनाया। सब अपने आप बने।

उस शाम — सूरज ने एक नक्शा बनाया। गाँव। पाँच समूह। हर समूह में बीस-पच्चीस लोग। कुल — सौ से ज़्यादा।

एक आदमी ने शुरू किया था। अब सौ लोग जुड़े थे।

दादा ने नक्शा देखा। उँगली काग़ज़ पर काँपते हाथ से छूए। मुस्कराए।

"तूने बनाया नहीं। तूने उगाया।"

छोटा बीज बोया रे — देखे गाँव ना कोय।

बरसात में उग आया — सारा जंगल होय॥

सही जगह इकट्ठा धक्का

सरकार से चिट्ठी आई।

"प्रधानमंत्री किसान सम्मान निधि।"

हर किसान को — छह हज़ार रुपए साल।

कुछ लोग — "लो! मुफ़्त पैसा है। क्यों छोड़ें?"

कुछ लोग — "मत लो! सरकार से लेंगे तो फँस जाएँगे।"

रघु और मोहन — भाई थे, पिछले साल सुलह हुई थी — अब फिर नहीं बोल रहे। एक ही बेंच पर बैठे, पीठ फेरे हुए।

सूरज रमेश के पास गया।

रमेश बाड़ की बल्ली ठीक कर रहे थे। नज़र नहीं उठाई।

"इसमें मत पड़ो।"

"क्या?"

"ये राजनीति है, तेरी लड़ाई नहीं। सरकारी योजनाएँ गाँव तोड़ती हैं। मैंने देखा है। लोगों और उनके पैसे के बीच मत आओ।"

सूरज खड़ा रहा। रमेश की सलाह हमेशा सही होती थी — मिट्टी, कीटनाशक, धीरज। पर इस बार सावधानी थी जो समझदारी का मुखौटा पहने हुए थी।

"सब कुछ जुड़ा है — आपने सिखाया था।"

रमेश के हाथ बल्ली पर रुके। देर तक चुप्पी।

"सिखाया था।"

और चुप्पी। हाथ फिर चलने लगे, धीमे।

"तो असली मुद्दा क्या है?"

"नहीं। ये ऊपर की बात है। असली मुद्दा — फ़ैसला कैसे हो? गाँव बँटा है। कोई सुन नहीं रहा। ये सही जगह की बात नहीं। ये मिलकर फ़ैसला करने की बात है।"

"योजना का फ़ैसला बाद में। पहले — सबको एक जगह लाओ। और सुनो।"

सूरज ने पाँचों समूहों को बुलाया।

सौ से ज़्यादा लोग। कुछ खाटों पर, कुछ ज़मीन पर। दिए जले — मच्छरों की आवाज़ तीखी थी। हवा में गोबर और नीम की गंध।

बरगद के पेड़ के नीचे।

"आज कोई बहस नहीं करेगा। सिर्फ़ सुनेंगे।"

"जो योजना के पक्ष में है — बोले। जो विरोध में है — बोले। बीच में कोई नहीं बोलेगा।"

मीना उठी। धीरे — जैसे कुछ भारी उठा रही हो। नीला दुपट्टा — भरोसे का रंग, दादी कहती थीं — कसकर लिपटा था।

"छह हज़ार रुपए — कम नहीं है।"

"मेरी बेटी पिंकी को चश्मा चाहिए। ब्लैकबोर्ड दिखता नहीं। डॉक्टर ने कहा — पंद्रह सौ रुपए। कहाँ से लाऊँ?"

चुप्पी।

"पति शहर में काम करते हैं। पैसा भेजते हैं जब होता है। पर कई महीने — कुछ नहीं। छह हज़ार आ जाएँ तो — पिंकी का चश्मा। फ़ीस। दवाई।"

बैठ गई।

फिर महिंदर उठा। बूढ़ा चेहरा, चमड़े जैसी झुर्रियाँ।

"मुझे चौरासी याद है। सरकारी योजनाएँ। वादे। 'लो, मदद करेंगे।'"

आवाज़ थिर थी। पर नीचे कुछ काँप रहा था।

"योजनाएँ लेकर आए। कर्ज़ लेकर आए। और जब मुसीबत आई — वो भी आए। सूचियों के साथ। नामों के साथ।"

उस रात की आवाज़ अभी सुनाई देती है — लोहे के दरवाज़े पर हाथ।

"मुझे उन काग़ज़ों पर भरोसा नहीं। अब नहीं।"

सूरज समझ गया। ये छह हज़ार रुपए की बात नहीं थी।

मीना के लिए — बेटी का चश्मा।

महिंदर के लिए — घाव जो कभी नहीं भरे।

दोनों सही थे।

फिर एक बुज़ुर्ग बोले — हरनाम सिंह। सफ़ेद पगड़ी, झुर्रियों में ज़िंदगी। जब वो बोलते थे तो सब चुप हो जाते थे — जैसे पुराना पेड़ बोले तो हवा भी रुक जाती है।

"मुझे योजना से डर नहीं। मुझे डर है — गाँव टूटने का। देखो, हम बहस कर रहे हैं। भाई भाई से नहीं बोल रहा। ये पैसे से बड़ा नुक़सान है।"

सन्नाटा।

सूरज समझ गया। असली मुद्दा योजना नहीं थी। असली मुद्दा था — गाँव की एकता।

"हरनाम चाचा, आप क्या चाहते हैं?" "मैं चाहता हूँ — गाँव एक रहे। योजना लें या न लें — सब मिलकर करें।"

"यही सही जगह है। योजना का फ़ैसला ज़रूरी नहीं। एकता का फ़ैसला ज़रूरी है।"

"जो लेना चाहे — ले। जो नहीं चाहे — न ले।"

"पर एक शर्त — जो लें — वो समूह में बताएँ। खुला रखें। और जो फ़ायदा हो — या नुक़सान — सबके साथ बाँटें।"

"एक साल करें ये। कुछ लोग लें। कुछ न लें। साल के अंत में देखें — किसे फ़ायदा हुआ? किसे नुक़सान? फिर मिलकर फ़ैसला करें।"

"कौन इस प्रस्ताव से सहमत है?"

धीरे-धीरे हाथ उठे।

पहले दस। फिर बीस। फिर पचास।

अंत में — लगभग सब।

"पिताजी, योजना का फ़ैसला नहीं हुआ।"

"हुआ। बड़ा फ़ैसला हुआ — गाँव एक रहा।"

उस रात सूरज सो नहीं पाया।

"पिताजी, सब दिख रहा था। गुस्से के नीचे डर, पुराने ज़ख्म जो नई लड़ाई को खिला रहे थे — मीना की बेटी, महिंदर का '84, पैसों पर किसी को भरोसा नहीं। सातों आँखें काम कर रही थीं। हर परत दिख रही थी।"

"एक औरत गोले के किनारे रो रही थी। चुपचाप, हाथ गोद में। वो भी दिखा — पति पिछली सर्दी गुज़रे, योजना पहला मौक़ा था जब किसी ने उसे कुछ देने की बात की, और चिल्लाहट उसे और छोटा कर रही थी।"

"सब दिखा। दिमाग़ में नाम रखा। और बोलता रहा।"

"क्योंकि बैठक चलानी थी। प्रक्रिया ज़रूरी थी। हरनाम सिंह बोलने वाले थे और वक़्त सही था। औरत के आँसुओं को *बाद में* रख दिया और आगे बढ़ गया।"

चुप्पी।

"और?"

"और फिर बैठक के बाद — सब जा रहे थे। वो औरत अभी भी वहीं बैठी थी। ज़मीन पर। गोले के किनारे।"

"लगभग दोबारा गुज़र गया।"

"फिर रुका। सातों आँखों की वजह से नहीं। उसके दर्द का विश्लेषण किया इसलिए नहीं। रुका इसलिए कि पैर दूसरी बार उसके पास से नहीं गुज़रे।"

"बैठ गया। पालथी मार कर। ठंडी ज़मीन पर, अँधेरे में, एक ऐसी औरत के पास जिसका नाम नहीं जानता था।"

"न पूछा क्या हुआ। न कहा ठीक हो जाएगा। न उसके दुख का धागा किसी नीति या तंत्र या जड़ तक खींचा। बस बैठा रहा।"

"देर बाद उसकी साँस धीमी हुई। दुपट्टे से मुँह पोछा। उठी। बिना कुछ कहे चली गई।"

"उसने नाम नहीं बताया। मैंने नहीं पूछा। पर जब वो उठी, उसके कंधे ज़्यादा सीधे थे।"

उसकी आवाज़ टूटी। वो आवाज़ नहीं जो ग़लती मान रही हो। वो आवाज़ जो ख़ुद को पहचान रही हो।

रमेश देर तक चुप रहे।

रात की आवाज़ें। झींगुर। दूर कुत्ता। चारपाई की रस्सियों की चरमराहट।

"दादा कभी लोगों को सिर्फ़ देखते नहीं थे। उनके पास बैठते थे। घंटों। कुछ कहते नहीं थे। कुछ समझाते नहीं थे। बस — होते थे।"

"ये सातों आँखों में नहीं है।"

"नहीं। ये आँखों के नीचे है। वो चीज़ जो आँखों को सार्थक बनाती है।"

सूरज लेटा रहा। चारपाई की रस्सियाँ पीठ में धँसी थीं। बाहर झींगुर बोल रहे थे। कहीं दूर कुत्ता भौंका। दिये की लौ पर पतंगे नाच रहे थे।

चौबीस साल का था। उसकी उम्र के दूसरे लड़कों की शादियाँ हो रही थीं। बच्चे थे। कोई था जिसके साथ दिन के अंत में बैठो और कुछ न कहो — अच्छी वाली चुप्पी, जिसमें भरने की ज़रूरत नहीं।

उसके पास मिशन था। गाँव था। सात आँखें थीं।

और कुछ रातों में, ये काफ़ी नहीं था।

एक साल बाद — फिर बैठक हुई।

जिन्होंने योजना ली: "पैसा आया। काम आया। कोई फँसाव नहीं।"

जिन्होंने नहीं ली: "बिना भी चल गया। पर शायद ले लेते तो अच्छा था।"

अब गाँव ने मिलकर फ़ैसला किया — "जो चाहे — ले। कोई टीका-टिप्पणी नहीं।"

पर सबसे बड़ी बात — रघु ने मोहन को चाय दी। मोहन ने पी ली।

किसी ने लड़ाई नहीं की।

सूरज बैठा रहा। एक-एक करके लालटेनें बुझ रही थीं।

हाथी हिले न धक्के से — सुई से हिल जाय।
सही जगह छोटा काम — बड़ा काम हो जाय॥

तूफ़ान से दोस्ती

जून का महीना।

धरती फटी पड़ी थी। खेतों में दरारें ऐसे दिख रही थीं जैसे ज़मीन ने मुँह खोल दिया हो। कुएँ नीचे उतरे थे। पंछी चुप थे।

बारिश आनी चाहिए थी।

पर आसमान साफ़ था। सफ़ेद। निर्दयी।

रेडियो पर ख़बर आई।

"इस साल मानसून देरी से।"

"पंजाब में कम बारिश की संभावना।"

गाँव में घबराहट फैल गई।

बूढ़े लोग याद करने लगे।

"१९८७ में भी ऐसा हुआ था।"

"आधी फसल मर गई थी। कई परिवार उजड़ गए थे।"

एक बूढ़े की आँखें दूर देख रही थीं — जैसे वो वक़्त देख रहे हों।

"पिताजी, क्या होगा?"

रमेश शांत थे। "जो होगा — देखेंगे। पर एक सवाल पूछो ख़ुद से।"

"क्या तूफ़ान हमारा दुश्मन है?" "हाँ... है तो?" "या गुरु?"

सूरज चारपाई पर लेटा था। ऊपर देखता रहा।

चाँद नहीं — सूखा इतना कि आसमान में नमी ही नहीं बची थी। तारे कठोर और तीखे। मेंढक चुप — तालाब सूखे। झींगुर चुप — हफ़्तों से। नलकूप की धड़धड़ भी बंद — गाँव ने पानी नापना शुरू कर दिया था।

बस एक सवाल घूम रहा था।

दुश्मन या गुरु। दुश्मन या गुरु।

दूर कहीं एक कुत्ता भौंका — एक बार — फिर चुप। खेत में दरारें अँधेरे में भी महसूस हो रही थीं। आँखें बंद करो — तो भी।

नींद नहीं आई।

जवाब तो जानता था — हड्डियों में, ग्रीनहाउस से, उन टमाटरों से जो झुके और बचे। पर कहानी में जानना और फटी ज़मीन के सामने जानना — एक नहीं।

"दादा, तैयारी कैसे करें? सचमुच तैयारी — उम्मीद नहीं।"

दादा देर तक चुप रहे।

"तूफ़ान पूछता नहीं कि तू तैयार है। बस आता है। तो पहले से तैयार रहो।"

"सूखा आ सकता है।"

लोग घबराए।

"पर हम तैयार हो सकते हैं।"

गाँव में कितना पानी है?

कुएँ — दस। तालाब — दो। नहर — एक।

"अगर बारिश आधी हुई — तो पानी एक-तिहाई कम होगा।"

"कौन सी फसलें बचेंगी?"

"गेहूँ मुश्किल होगा।"

"दालें शायद बचें।"

"तो फसल बदल दें?"

"कुछ खेतों में गेहूँ की जगह बाजरा?"

"बाजरा कम पानी में भी होता है।"

बलदेव सिंह खड़े हो गए।

"गेहूँ छोड़ दें? पागल हो गए हो?"

"मेरा बाप गेहूँ बोता था। उसका बाप बोता था। अब मैं छोड़ दूँ?"

चुप्पी।

सूरज ने लड़ाई नहीं की। बस पूछा — "बलदेव काका, अगर बारिश आधी हुई और सारा गेहूँ मर गया — तब?"

बलदेव सिंह चुप रहे।

देर तक चुप। उनके हाथ घुटनों पर थे — उँगलियाँ धीरे-धीरे खुलीं और बंद हुई, जैसे कोई हिसाब लगा रहे हों जो गणित का नहीं था। चेहरे पर वही डर था जो बूढ़े की आँखों में था — '८७ वाला डर।

फिर बहुत धीरे — जैसे हर शब्द का वज़न उठा रहे हों:

"आधे में करो। आधा गेहूँ, आधा बाजरा।"

"हाँ! जोखिम बाँटो।"

"सब गेहूँ लगाएँगे — सब मरेंगे।"

"कुछ गेहूँ, कुछ बाजरा — कुछ तो बचेगा।"

"और पानी बचाएँ?"

"बूँद सिंचाई। बूँद-बूँद।"

"खर्चा है।"

"पर समूह के पैसों से? आपातकालीन कोष से?"

"पुराना तालाब — बहुत छिछला हो गया है।"

"अगर गहरा कर दें — बारिश का पानी ज़्यादा जमा होगा।"

"श्रमदान करें? मिलकर खोदें?"

"पुराने ज़माने की बात है," किसी ने कहा।

कमला खड़ी हुई। "सूखा भी पुराने ज़माने की बात है। कौन सा चाहिए?"

चुप्पी। फिर — हँसी। फिर — "हाँ!"

अगले एक महीने में:

आधे खेतों में बाजरा आया — गेहूँ की जगह। पाँच खेतों में बूँद सिंचाई की पतली नलियाँ नसों की तरह बिछीं। हर समूह से चंदा इकठ्ठा — पचास हज़ार।

पर सबसे बड़ी बात — तालाब।

सूरज पाँच बजे तालाब पर था — फावड़ा हाथों में। दोपहर तक हथेली पर पहला छाला फूटा। दर्द तीखा था और साफ़ — ईमानदार, जैसे चिंता कभी नहीं होती। हथेलियों को देखा — गीली मिट्टी, खून। शाम को आसमान बैंगनी और नारंगी था — जिस तरफ़ सूरज ने कभी ध्यान नहीं दिया था।

छह बजे प्रताप आया — बिना बोले। फावड़ा उठाया। सात बजे मीना तीन औरतों के साथ। दोपहर तक चालीस लोग।

शाम को धुन शुरू हुई — किसी ने नहीं शुरू की — बस आ गई।

"एक करम, सौ फल!"

फावड़े ताल में उठे और गिरे। टोकरियाँ कतार में चलीं। खोदी मिट्टी का ढेर बन गया। इस गहराई की मिट्टी अलग थी — ठंडी, गहरी, जैसे कुछ सो रहा था।

तीन दिन। तालाब तीन फ़ीट गहरा।

तीसरी शाम — लोग इक्कीस पर बैठे थे। फ़ावड़े रखे। टाँगें नीचे लटकतीं। कोई नहीं बोला। सूरज ने अपने हाथ देखे — छाले, फटे, सूखी मिट्टी जो हथेलियों की लकीरों में जम गई थी।

आसमान अभी भी सफ़ेद था। एक बादल नहीं।

"खोदने से बारिश नहीं आती," किसी ने कहा। ज़ालिम नहीं। बस थका हुआ। बस सच।

सूरज घर गया। किसी से बात नहीं की। चारपाई पर लेटा। पंखा नहीं चल रहा था — बिजली कटी। गर्मी छाती पर हाथ की तरह दबा रही थी।

दुश्मन या गुरु। दुश्मन या गुरु।

चौथा दिन। बारह लोग। चालीस नहीं, तीस नहीं। बारह।

चुपचाप खोदते रहे। न धुन, न ताल। बस लोहे की आवाज़ और सूखी मिट्टी।

पाँचवाँ दिन। नौ।

सूरज दोपहर अकेले खोदता रहा। प्रताप बाड़ ठीक करने गया था। मीना बचत समूह के साथ। हरनाम सिंह का कूल्हा जवाब दे गया था।

सूरज ने फ़ावड़ा रखा। तालाब के किनारे बैठा — अब चार फ़ीट गहरा — और उस आसमान को देखा जो कुछ वापस नहीं देता।

उसने मान लिया कि बारिश शायद न आए।

निराशा से नहीं। किसी शांत चीज़ से। वही जो ग्रीनहाउस टूटने पर आई थी — कि नतीजा तुम्हारे हाथ में नहीं। खोदना तुम्हारे हाथ में है।

चार दिन बाद — मंगलवार, कोई ख़ास दिन नहीं — आसमान बदला।

सूरज तालाब पर नहीं था। घर पर रस्सी बट रहा था। रमेश ने दरवाज़े से पुकारा: "बाहर आ ज़रा।"

पच्छिम में अँधेरा, जैसे नील फैलता हुआ। असली बादल। काले, भारी, पानी से भरे।

गरज।

पहली बूँदें गिरीं। सूखी मिट्टी पर पानी की आवाज़ — छन्न। ज़मीन से गंध उठी — पुरानी, खनिज, ज़िंदा।

फिर आसमान खुला।

पूरा मानसून नहीं था — बस झलक। इतना कि तालाब की नई गहराई में एक फ़ीट पानी भर गया।

सूरज दरवाज़े में खड़ा था, बारिश को धूल पर गिरते देख रहा था। उसने ये कमाया नहीं था। बारिश कोई कमाता नहीं। पर तालाब तैयार था। यही वो हिस्सा था जो उसने कमाया।

अगली सुबह, लोग तालाब पर इकट्ठे हुए। पानी — मटमैला, उथला, पर असली। मीना हँसी। हरनाम सिंह किनारे पर खड़े थे, छड़ी के सहारे, देर तक कुछ नहीं बोले। फिर: "अच्छा हुआ जो खोदा।"

किसी ने ज़िक्र नहीं किया कि बारिश खुदाई बंद होने के चार दिन बाद आई। ज़रूरत नहीं थी।

सौ भाषण किए — एक हाथ नहीं बढ़ा।
एक ने फावड़ा उठाया — पूरा गाँव मचल खड़ा॥

आपातकालीन कोष में पचास हज़ार हो गए थे।

जुलाई में बारिश आई।

पर आधी।

जो डर था — वो सच हो गया।

रामपुर।

सूरज गया था देखने। जो दिखा वो भूल नहीं पाएगा।

खेत सफ़ेद थे — पीले पौधे, झुलसे पत्ते, सूखी डंठलें। एक गंध थी — मरे पौधों की, सड़ी धरती की। एक किसान दीवार के पास बैठा था। आँखें खाली थीं।

दादा की आवाज़, बरसों पहले से: *बनाना मुश्किल है। बिगड़ना आसान।*

उन्होंने कोई तैयारी नहीं की थी।

सब गेहूँ लगाया था।

आधी फसल मर गई। कर्ज़ में डूब गए।

सूरज वापस आया। तीन घंटे पैदल। रास्ते में एक सूखा कुआँ दिखा — पत्थर की जगत टूटी, अंदर अँधेरा। एक बूढ़ी औरत सिर पर मटका लिए जा रही थी — कहाँ से भरकर, कितनी दूर से, पूछने की हिम्मत नहीं हुई।

सूरज चुप रहा। पूरे रास्ते एक शब्द नहीं बोला।

घर पहुँचा तो दरवाज़े में खड़ा रहा — हाथ काँप रहे थे। माँ ने पूछा — "क्या हुआ?" सूरज ने सिर हिलाया। अंदर कुछ था — दर्द भी, राहत भी, शुक्र भी।

बाजरा — बच गया।

गेहूँ — आधा मरा।

पर कुल नुक़सान — पड़ोसी गाँव से आधा।

और तालाब का पानी?

दो महीने और चला।

जबकि रामपुर में पानी का संकट।

"तूफ़ान दोनों गाँवों में आया। एक टूट गया। एक खड़ा रहा। फ़र्क़ क्या था?"

"तैयारी।"

"और?"

सूरज को रमेश के शब्द याद आए, ग्रीनहाउस वाले साल से: *जो बचाया — वो टूट गया। जो झेला — वो खड़ा है।* आज वो बात पहले से ज़्यादा सच थी।

सूरज ने खेतों की तरफ़ देखा। बाजरे के छोटे पौधे शाम की रोशनी में हिल रहे थे — ज़िद्दी, हरे, ज़मीन से चिपके हुए।

"तूफ़ान का डर नहीं था।"

दादा मुस्कुराए। धीरे-धीरे — जैसे मुस्कान भी थक गई हो।

"तूफ़ान ने नहीं बचाया। खोदने ने बचाया — पहली बूँद गिरने से पहले।"

दादा दरवाज़े में रुके। एक लंबी साँस — जिसमें सीटी जैसी आवाज़ थी।

"तूफ़ान हमेशा आएगा। काबू में नहीं। काबू में क्या है? तैयारी।"

आँधी आई सब बहे — खोदा कूप ना कोय।
पहले खोदे गड्ढा रे — बरसात मीठी होय॥

सोच बदलो

सूखा गुज़र गया। अक्टूबर की ठंडी हवा आई, दूर के खेतों से पराली के धुएँ की तीखी मिठास — मौसम बदल रहा था।

पर एक और संकट आ गया।

गाँव के बच्चे जवान हो रहे थे। और सब एक ही बात कह रहे थे — "खेती में कोई भविष्य नहीं। शहर में नौकरी मिलेगी।"

सूरज ने समझाया। "देखो, गाँव में भी मौके हैं। खेती से पैसा बन सकता है। शहर में होड़ ज़्यादा है।"

बच्चों ने सुना। और अनसुना किया। एक लड़के ने फ़ोन निकाला — नेटवर्क नहीं था — फिर भी स्क्रीन की तरफ़ देखता रहा।

"पिताजी, क्यों नहीं मान रहे?"

"क्योंकि तेरे तर्क उनके नक्शे में समा नहीं रहे।"

"नक्शा?"

"शहर = तरक़्क़ी।"

"गाँव = पिछड़ापन।"

"तेरे तर्क उस डिब्बे में नहीं बैठते।"

"तो क्या करें?"

"तर्क से नक्शा नहीं बदलता।"

"दिखाने से बदलता है।"

"तो... क्या दिखाएँ?"

याद आया — कविता।

वो लड़की जिसने पड़ोस में समूह बनाया था।

अब वो क्या कर रही थी?

कविता ने समूह से उधार लिया था। पाँच हज़ार।

मशरूम की खेती शुरू की थी।

सब हँसे थे। "मशरूम? गाँव में? कौन ख़रीदेगा?" आस-पास के लोग बोले — "लड़की पागल हो गई है।"

अब?

महीने का दस हज़ार कमा रही थी।

शहर की नौकरी से ज़्यादा।

सूरज बच्चों को कविता के खेत पर ले गया।

आधा घंटा पैदल। खेतों के पार — सूखे की याद अभी भी ज़मीन पर थी, फीके धब्बे हरे के बीच। नहर के पार — पानी धीमा। नेहा हाथ बाँधे चल रही थी, जैसे कोई उसे ज़बरदस्ती ले जा रहा हो। एक लड़के ने दो बार फ़ोन चेक किया — नेटवर्क नहीं।

किसी ने पूछा नहीं कहाँ जा रहे हो। किसी को उत्सुकता नहीं दिखानी थी।

कविता बाहर आई। हाथ मिट्टी भरे, नाखूनों में कालापन। उसकी आँखों में वो चमक थी जो उस आदमी में होती है जिसने कुछ अपना बनाया हो। साल भर पहले वो भी शहर जाने की बात करती थी — फिर प्रताप ने मशरूम की खेती दिखाई, और कविता को गंध आई — गीली मिट्टी की, नम की, किसी चीज़ के उगने की।

छोटा सा कमरा। अंधेरा। नमी वाला।

पहले गंध आई — मिट्टी की, नम की, जैसे बारिश के बाद जंगल की ज़मीन से आती है। फिर आँखें खुलीं।

रैकें। कतारों में रैकें। हर रैक पर थैलियाँ — काले प्लास्टिक के थैलों में कुछ हल्का उग रहा था।

मशरूम।

सफ़ेद मशरूम — जमे हुए झरने जैसे। गुलाबी वाले — धीमी रोशनी में चमकते हुए। सलेटी वाले — पुराने मंदिर के रंग जैसे।

नेहा ने एक मशरूम छूआ। हाथ खींचा। फिर छूआ।

"ये सिर्फ़ एक कमरा है," कविता बोली। "तीन हैं अब।"

"कितना कमाती हो?"

"दस हज़ार महीना।"

"शहर नहीं गई?"

"क्यों जाऊँ? वहाँ किराया देना पड़ता। यहाँ अपना घर है।"

"प्रदूषण नहीं। भीड़-भाड़ नहीं। और परिवार साथ है।"

एक लड़की — नेहा — चुप थी।

बाद में सूरज से बोली —

"मुझे लगता था गाँव में कुछ नहीं।"

"पर कविता दीदी..."

"वो शहर वालों से ज़्यादा कमा रही हैं।"

"और ख़ुश भी हैं।"

अगले महीने —

नेहा ने केंचुआ खाद का काम शुरू किया — घर के पीछे, एक सीमेंट की टंकी, हज़ार केंचुए। सास दरवाज़े पर खड़ी थीं, होंठ सिले हुए। "केंचुए पाल रही है अब?"

"ये कचरा खाते हैं। खाद बनाते हैं। लोग पैसे देते हैं।"

"कीड़ों की गंदगी के।"

"हाँ।"

बुढ़िया ने टंकी देखी। केंचुओं को देखा — लाल, पतले, तेज़। बहू के हाथ देखे — पहले से काले, खाद से। अंदर गई। कुछ नहीं बोलीं। जो उनसे इजाज़त थी।

एक महीने में — पहली खेप। काली, भुरभुरी, साफ़ मिट्टी की खुशबू वाली। कविता के चंडीगढ़ वाले ख़रीदार ने मशरूम के साथ ले ली। दो सौ रुपए। ज़्यादा नहीं। पर उसके।

फिर दो और नौजवान। फिर तीन। फिर राहुल, जिसने दूध का काम शुरू किया और पहला कनस्तर ख़ुद चंडीगढ़ ले गया — सात किलोमीटर, साइकिल पर कनस्तर संभालते हुए, पसीने से गीली कमीज़ में। मिठाई वाले ने चखा, सिर हिलाया, और हफ़्ते में दस लीटर का ऑर्डर दे दिया।

पर एक था — ऐश्वर्य।

उसने सब देखा। कविता को भी। रामू काका का खेत भी। प्रताप का दूध भी।

एक शाम सूरज के पास आया। पीपल के नीचे बैठे। आसमान में आखिरी रोशनी थी — सोने और नारंगी की।

"भैया, मेरे पिता जी बीमार हैं। माँ घरों में सफ़ाई करती हैं। मुझे वहाँ काम मिल सकता है।"

सूरज ने उसके चेहरे में देखा — गुनाह नहीं था। ज़रूरत थी।

"तू वापस आएगा?"

ऐश्वर्य चुप रहा।

सवेरे साढ़े चार बजे। बस अड्डे पर धुंध। ठंड ऐसी जो उँगलियों में चुभती है।

ऐश्वर्य खड़ा था — थैला कंधे पर, पैर में चप्पलें। सूरज भी आया था।

ऐश्वर्य ने झुककर सूरज के पैर छूए।

"भैया — तूने जो सिखाया, वो मेरे अंदर है। पर मेरी मिट्टी वो नहीं है।"

बस आई। ऐश्वर्य चढ़ा। खिड़की से एक बार पीछे देखा। फिर आगे। बस धुंध में गायब हो गई।

सूरज खड़ा रहा। सड़क खाली थी — धूल बैठ रही थी, धीरे-धीरे। बस अड्डे पर अभी डीज़ल की गंध थी — ऐश्वर्य की।

और उस भारीपन के नीचे, कुछ था जो वो देखना नहीं चाहता था: जलन। फैक्ट्री की नहीं, तन्ख्वाह की नहीं। जाने की। ऐश्वर्य के कंधे पर थैला था और पकड़ने को बस थी। वो किसी भी चीज़ से चल सकता था — क्योंकि यहाँ कुछ उसका नहीं था।

कुछ बीजों को दूसरी मिट्टी चाहिए।

रमेश ने देखा।

"तू रोका क्यों नहीं?"

"क्या फ़ायदा? उसका नक्शा अलग था। उसकी आँखों में गाँव नहीं था। शहर था। जो देखना नहीं चाहता — उसे दिखाना मुमकिन नहीं होता।"

रमेश चुप रहे।

सूरज ने पूछा — "क्या हर आदमी को बदला जा सकता है?"

"नहीं। और ये सोचना भी एक तरह का घमंड है। तू बीज बोता है। मिट्टी तैयार करता है। पर हर बीज उगेगा नहीं।"

वापस चले। पगडंडी पर पाला पिघल रहा था — काले धब्बे, जैसे ज़मीन पर नीलम। महिंदर के घर से पहला धुआँ उठा।

उसके एक दिन पहले, सूरज दादा को ढूँढने गया था। चारपाई पर नहीं। कमरे में नहीं।

बरगद के नीचे मिले। वहाँ तक कैसे पहुँचे — सौ क़दम, उन पैरों पर जो बारह भी मुश्किल से चलते थे — सूरज नहीं जानता था। लाठी मिट्टी में गिरी पड़ी थी। पीठ तने से लगी थी — उसी चिकनी जगह जो चालीस बरस की पीठ ने घिसी थी।

होंठ हिल रहे थे। आवाज़ नहीं।

सूरज ठिठक गया। दादा को कभी बिना गुरु वाले चेहरे के नहीं देखा था। ऋषि नहीं — बस एक बूढ़ा आदमी, रीढ़ छाल से टिकाए, किसी से बातें करता हुआ जो वहाँ नहीं था।

दादा का सिर मुड़ा। आँखों में वो तेज़ लौटा। "आ।"

सूरज आया। लाठी उठाई। होंठों के बारे में, हाथों के बारे में, सौ क़दमों के बारे में — कुछ नहीं बोला।

ख़बर फैली।

"ढाबी टेक सिंह में बच्चे रुक रहे हैं।"

"कैसे?"

पड़ोसी गाँवों से लोग आए — पूछने।

सूरज ने कहा — "आओ, देखो।"

एक-एक करके —

पाँच गाँवों में नए काम-धंधे शुरू हुए।

बच्चे रुकने लगे।

नक्शे बदलने लगे।

दादा अब बहुत कमज़ोर थे।

खाट पर पड़े रहते थे — कमरे में अँधेरा, परदा आधा खिंचा, ज़मीन पर पानी का गिलास जिसे सुबह से कोई नहीं भरता था। खाँसी बदली थी — गहरी, गीली, किसी गहराई से आती जो छोड़ना नहीं चाहती थी। कम्बल खाँसी के साथ उठता-गिरता था, जैसे साँस लेना भी मेहनत हो गई हो।

पर जब आँखें खुलतीं — वो दीप अभी जल रहा था।

"दादा, बच्चे रुक रहे हैं।"

दादा ने सूरज का हाथ पकड़ा। हाथ ठंडा था — पर पकड़ मज़बूत।

देर तक हाथ पकड़े रहे। कुछ नहीं बोले।

मुस्कुराए। बाहर, आधे खिंचे पर्दे के पीछे से, नेहा की आवाज़ आई — केंचुए के शेड से — किसी नई लड़की को कुछ समझा रही थी, हँस रही थी।

दादा की आँखें बंद हुई। मुस्कान रही।

काँटों से जो लड़ गया — और उगे हर कोय।
फूल लगा दे बग़ल में — काँटा आप ही खोय॥

सवाल फैलाओ

एक साल में बहुत कुछ हुआ था।

पाँच समूह। दर्जनों नए काम-धंधे। बच्चे रुक रहे थे।

पर सूरज को एक चिंता थी।

"पड़ोसी गाँवों से लोग आते हैं।"

"पूछते हैं — क्या करें?"

"मैं बताता हूँ।"

"पर हर बार मुझे जाना पड़ता है। या वो यहाँ आते हैं।"

"दस गाँव हैं इलाक़े में। मैं अकेला..."

"पर एक मुश्किल है।"

"हर गाँव अलग है।"

"हमारे यहाँ की योजना वहाँ काम नहीं करेगी।"

"मिट्टी अलग। पानी अलग। लोग अलग।"

"तो क्या देना है?"

"जवाब नहीं... सवाल?"

"हर गाँव से एक आदमी आए। तीन दिन।"

"हम उन्हें सवाल सिखाएँगे।"

दस लोग आए। दस गाँवों से।

कोई तीन घंटे पैदल आया। एक तार और प्रार्थना से जुड़ी साइकिल पर आया। एक औरत आई थी — सावित्री, कँवरपुरा से। तीन बच्चे माँ के पास छोड़ कर। पति ने कहा था, "तू क्या सीखेगी?" वो चुप रही। सुबह निकल गई। एक बूढ़ा — रायकोट से — पीछे बैठा, हाथ बाँधे। पोते ने घसीट कर लाया था।

बरगद के नीचे। वही जगह जहाँ दादा बैठते थे।

सूरज ने नीचे देखा — जहाँ उसका हाथ टिका था, वहीं दादा का हाथ टिकता था। छाल घिसी हुई थी सालों की पकड़ से। एक पल को वो वज़न लगा — वो दादा की जगह बैठा था। किसी ने चुना नहीं था। कोई और नहीं बचा था।

"सात सवाल हैं। इन्हें याद कर लो। इन्हें अपने गाँव में पूछो।"

एक उँगली। "पहला: **क्या बदला?** जब समस्या हो — पूछो: क्या बदला?"

दूसरी। "**कब से?** समस्या पुरानी है या नई — इससे जड़ बदलती है।"

तीसरी। "**और क्या जुड़ा है?** कोई चीज़ अकेली नहीं। धागे खोजो।"

चौथी। "**किसे फ़ायदा?** पैसे का पीछा करो।"

पाँचवीं। "**पहले कैसे होता था?** पुराना तरीक़ा कुछ सिखाता है — हमेशा।"

छठी। "**और कहाँ काम किया है?** तुम पहले नहीं हो। किसी ने कहीं हल किया है — उससे सीखो।"

सातवीं — अंगूठा। "**छोटी परख क्या होगी?** बड़ा बदलाव मत करो। छोटी परख। देखो। सीखो।"

एक आदमी बोला — धरम सिंह, भूरे गाँव से। चेहरे पर धूप की लकीरें, हाथों में पगड़ी। आवाज़ भारी थी — जैसे हर शब्द का वज़न था।

"पानी की कमी।"

"ठीक है। सात सवाल पूछो।"

क्या बदला? "पाँच साल पहले पानी था। अब नहीं।"

कब से? "जब से नया नलकूप लगा।"

और क्या जुड़ा है? "कारख़ाना भी आया है पास में। वो भी पानी लेता है।"

किसे फ़ायदा?

धरम सिंह रुका। उनकी आँखें नीचे थीं — हाथों की उँगलियाँ मुड़ीं, जैसे नाम गिन रहे हों जो बोलने चाहिए पर बोले नहीं। फिर धीरे —

"ठेकेदार को। जितने नलकूप, उतना पैसा। और कारख़ाना — वो तो हमारा पानी लेता है और पैसा बनाता है।"

गोल में चुप्पी थी। और लोग अपने गाँवों के बारे में सोच रहे थे।

पहले कैसे होता था? "कुएँ थे। तालाब था।"

और कहाँ काम किया है? "...ढाबी टेक सिंह में तालाब गहरा किया था।"

छोटी परख? "एक कुआँ फिर से चालू करें?"

वो पीछे बैठ गई। साँस तेज़। आँखें चमक रही थीं।

"क्या ये मेरा जवाब था?"

"नहीं। मेरा था।"

तीन महीने बाद — ख़बरें आईं।

धरम सिंह की पहले। साइकिल वाले ने एक चिट्ठी दी — मुड़ी हुई, तेल के दाग़। एक लाइन: "कुआँ चालू है। बच्चे पीते हैं।" सूरज ने दो बार पढ़ी। जेब में रख ली।

सावित्री की बाद में। तालाब नहीं हुआ — पर बचत समूह बना। बारह औरतें। सावित्री हर बैठक में सात उँगलियाँ उठाती — "पहले पूछो, फिर करो।" उसका पति अब कुछ नहीं बोलता था।

एक और गाँव ने जैविक खेती शुरू की।

सूरज ने कुछ नहीं बताया था।

सिर्फ़ सवाल दिए थे।

अब वो दस लोग — और दस लोगों को सिखा रहे थे।

सवाल फैल रहे थे।

सूरज को जाने की ज़रूरत नहीं थी।

उसे पहाड़ी की जुगनू याद आई — हर जुगनू एक सीधे नियम से चमकती, अपने पड़ोसी से मिलती। और उसमें से रोशनी की लहर बनती थी — पूरी पहाड़ी पर। किसी ने तय नहीं किया था। किसी को ज़रूरत नहीं थी।

एक दिन सूरज बाज़ार गया था। चाय की दुकान पर दो आदमी बात कर रहे थे।

एक ने दूसरे से पूछा — "तूने क्या किया?"

"सात सवाल पूछे। बस। जवाब अपने आप मिल गया।"

सूरज के हाथ रुक गए। चाय का कप हवा में।

"सात सवाल?"

"हाँ। किसी ने सिखाया था। पता नहीं कौन। पर काम करता है।"

सूरज का गला भर आया। वो आदमी उसे नहीं जानता था। उसका गाँव ऐसा था जहाँ सूरज कभी गया नहीं। पर सवाल पहुँच गए थे। किसी ने किसी को सिखाया जिसने किसी से सीखा।

सूरज ने चाय रख दी। बाहर आया। आसमान देखा।

आँखें भर आईं।

घर पहुँचा तो रमेश दरवाज़े पर खड़े थे। सूरज का चेहरा देखा। कुछ पूछा नहीं।

"तेरे दादा को आज का दिन अच्छा लगता।"

सूरज ने सिर्फ़ सिर हिलाया।

दादा अब बिस्तर से उठ नहीं पाते थे।

कमरे में कपूर और सरसों की गंध थी — दवाइयाँ जो वहाँ तक नहीं पहुँच पाती थीं जहाँ दर्द था। साँस इतनी धीमी थी कि हर साँस के बीच कमरा रुक जाता था।

उन्होंने एक पत्र लिखवाया। रमेश ने लिखा — दादा की आवाज़ बोलते रहे, रमेश की कलम चलती रही। बीच में एक बार रुके — खाँसी। फिर आगे।

"बेटा, तूने वो कर दिखाया जो मैं नहीं कर पाया।"
"मैंने सिर्फ़ सवाल पूछे।"
"तूने सवाल पूछना सिखाया। यही..."

आगे बोलना चाहा। खाँसी आ गई।

रमेश ने कलम रोक दी।

पूछा सवाल एक ने — आगे बढ़ा सो कोय।
गाँव गाँव में आग रे — बिन माचिस लगी होय॥

बीज बोना

पूस की रात थी।

कड़ाके की ठंड।

दादा की खाट आँगन से भीतर लाई गई थी।

दिया जल रहा था — उसकी लौ काँप रही थी।

दादा की साँसें... जैसे कोई पुरानी लोरी गा रहा हो।

धीरे-धीरे।

पूरा परिवार इकट्ठा था।

रमेश बैठे थे — दादा के सिरहाने।

सूरज — पैरों के पास।

प्रताप और मीना दरवाज़े पर।

और बाहर? आधा गाँव।

सब चुप। कोई खाँसता भी नहीं था।

दादा ने पलकें खोलीं।

धुँधली आँखों से कमरा देखा।

फिर सूरज को इशारा किया — पास आ।

सूरज घुटनों पर बैठा।

दादा का हाथ अपने हाथ में लिया।

हाथ ठंडा था। कागज़ जैसा।

"बेटा..."

आवाज़ फुसफुसाहट थी।

"...एक सवाल।"

"पूछिए दादा।"

दादा ने गहरी साँस ली।

जैसे ये शब्द कहीं बहुत गहरे से ला रहे हों।

"जब मैं नहीं रहूँगा..."

"...मेरा क्या बचेगा?"

सूरज का गला भर आया। आँसू आँखों में थे — पर गिरने नहीं दिए।

कुछ देर सोचा। फिर बोला — आवाज़ काँप रही थी, पर शब्द साफ़ थे:

"दादा... एक लड़की है, किसी गाँव में जहाँ मैं कभी गया नहीं — उसने आपके सवालों से अपना तालाब साफ़ किया। अब वहाँ पानी है। उसके बच्चों ने उसमें अपना चेहरा देखा।"

चुप्पी। दादा की आँखों के कोने गीले हो गए।

पर होंठों पर... मुस्कान आई। वो मुस्कान — जो सूरज को हमेशा याद रहेगी।

दादा ने सूरज का हाथ दबाया। ज़ोर नहीं था — पर इरादा था। फिर आँखें बंद कीं। साँसें और धीमी हो गईं।

दिए की लौ एक बार तेज़ हुई — फिर काँपी।

मीना रो पड़ी। प्रताप ने दीवार का सहारा लिया। रमेश सिर झुकाए बैठे रहे।

और सूरज? वो दादा का हाथ पकड़े रहा। जब तक वो हाथ पूरा ठंडा नहीं हो गया।

बाहर कुत्ते रोए। सन्नाटा और गहरा हो गया।

सुबह उठाए। चार आदमी नंगे पैर ठंडी धरती पर। रमेश आगे चले — हाथ में मिट्टी का घड़ा, जिसमें आग थी। सूरज पीछे चला। पूरा गाँव पीछे — एक नदी जैसे, चुप, कोहरे में शमशान की तरफ़।

चिता पहले से तैयार थी। चंदन और आम की लकड़ी। दादा को रखा — धीरे से, जैसे बच्चे को रखते हैं। रमेश ने तीन बार फेरा लगाया। आग लगाई।

लकड़ी चटखी। धुआँ उठा — सीधा, सफ़ेद आसमान में, जैसे कोहरे ने जगह बनाई हो।

सूरज देखता रहा जब तक धुआँ और कोहरा एक नहीं रहे। फिर घर लौटा। कुर्ते पर राख। बालों में चंदन की गंध जो दिनों नहीं जाएगी।

सूरज खेत में था। अकेला। आँखें सूजी हुईं। रात भर जागा था। चारों तरफ़ कोहरा था — और भीतर भी।

खाली खाट अभी भी आँगन में थी। सूरज उसे देखने की हिम्मत नहीं जुटा पाया था।

वो बरगद तक गया। दादा का बरगद। उन जड़ों पर बैठा जहाँ दादा बैठते थे।

छाल वहाँ चिकनी थी — बरसों एक शरीर के टिकने से।

सूरज ने हाथ रखा जहाँ दादा की पीठ होती थी।

कुछ नहीं। बस छाल। ठंडी। किनारों पर खुरदरी। बीच में चिकनी।

देर तक बैठा रहा। कोहरा छँटा। फिर गहरा हो गया।

एक कौआ आया। डाल पर बैठा। देखा। कुछ नहीं बोला। उड़ गया।

तीन दिन तक सूरज ने कुछ नहीं बोला।

न खाया। न खेत गया। मीना आई अगली बैठक पूछने — जवाब नहीं दिया।

माँ चाय लाई। ठंडी हो गई। दूसरी चाय ठंडी हो गई।

तीसरी बार चाय नहीं लाई। आकर चारपाई के पास ज़मीन पर बैठ गई। देर तक चुप रही। फिर: "दादा की रज़ाई धूप में रखनी है। छत पर डाल रही हूँ। जब तैयार हो, आकर तह करने में मदद करना।"

उठी। चली गई। पीछे नहीं देखा।

सूरज पड़ा रहा। छत की दरार। सन्नाटा। फिर — रज़ाई छत पर पड़ी हुई, ठंडी हवा में किनारे फड़फड़ाते हुए, दूसरे सिरे का इंतज़ार करते हुए।

उठा।

दादा की छड़ी दरवाज़े की दीवार से टिकी थी। किसी ने नहीं हटाई। उसी कोण पर जहाँ उनके हाथ ने छोड़ी थी — थोड़ी तिरछी, जहाँ पकड़ थी वहाँ की लकड़ी चिकनी। सूरज तीन बार उसके पास से गुज़रा — फिर देखना बंद कर दिया।

पर गाँव नहीं रुका।

दूसरे दिन मीना ने बचत समूह की बैठक अकेले चलाई। बारह औरतें आईं।

शाम को रमेश ने प्रताप से कुछ कहना शुरू किया — फिर बीच में रुके, जैसे कोई शब्द ढूँढ़ो जो वहाँ नहीं है। "दादा से पूछो" कहने वाले थे। आदत अभी ज़िंदा थी। आदमी नहीं।

"दुःख का अपना वक़्त होता है," रमेश ने प्रताप से कहा। "जल्दी मत करो।"

तीसरे दिन सूरज गाँव के किनारे तक चलता गया। ठूँठ के पार, नहर के पार, रामू काका के खेत से गुज़रा। खेत अभी भी सूखा था, भूरा। पर रामू वहाँ बैठा था — नहर की तरफ़ वाले कोने में जहाँ मिट्टी थोड़ी अलग थी, गहरी, लगभग गीली। पिछले हफ़्ते उसने वहाँ एक केंचुआ देखा था। पाँच साल की मरी मिट्टी में एक केंचुआ। किसी को नहीं बताया था। बस बैठा था।

बरगद तक नहीं गया। हिम्मत नहीं थी। अभी नहीं। पर लौटते में रास्ता उधर से गुज़रा — और दूर से देखा। पेड़ वैसा ही था। वो गाँठ जहाँ दादा टिकते थे वैसी ही। छाँव उसी शक्ल में गिरी थी।

यही सबसे ज़ालिम था। पेड़ शोक नहीं मनाते। बस बढ़ते रहते हैं।

घर आया। दादा की छड़ी अभी भी दरवाज़े से टिकी थी।

आगे सूरजगढ़ की टूटी दीवार, जहाँ कभी गाँव था और अब बस पत्थर याद करते थे।

चौथी सुबह, सूरज खेत के किनारे खड़ा था। चलकर कैसे पहुँचा — याद नहीं। पैर ले आए थे।

पिछले मौसम की ठूँठ अभी भी थी। पर बीच से — कुछ हरा निकल रहा था। नई कोंपलें। पतली। ज़िद्दी।

और दूर कोने में — वो टुकड़ा जहाँ सक्सेना जी की दवाई छिड़की थी सालों पहले। अभी भी सूखा था। मिट्टी वापस नहीं आई थी। हरे बीच सूखा निशान, जैसे भरी बाँह पर ज़ख़्म। बाकी खेत ने माफ़ कर दिया था। उस कोने ने नहीं।

सक्सेना जी चले गए थे। तबादला — या बदली। वही कंपनी, नया चेहरा। नया आदमी एक बार आया, लौटी बोतलें देखीं, जैविक खेत, बचत समूह। बिना गाड़ी खोले चला गया। कुछ तंत्र लड़ते नहीं। अगले गाँव चले जाते हैं।

घुटनों पर बैठा। एक को छुआ। ठंडी सुबह में गरम।

रमेश आए। धीरे-धीरे। बिना कुछ बोले पास आकर बैठ गए।

सन्नाटा। बस दोनों और खेत।

"उनकी आवाज़ सुनाई देती रहती है," सूरज ने कहा, नीचे देखते हुए।

"अच्छा है।"

फिर चुप्पी।

"पिताजी — क्या ये भी एक दिन ख़त्म हो जाएगा? जो बनाया? जो सिखाया?"

रमेश ने ज़मीन से कुछ उठाया। एक बीज। सूखा। भूरा।

हथेली पर रखा। कुछ नहीं बोले। सूरज को देखने दिया।

देर तक।

फिर सूरज समझा। इसलिए नहीं कि रमेश ने समझाया — बल्कि इसलिए कि खेत ख़ुद दिखा रहा था। मरी हुई ठूँठ। नई कोंपल। वही मिट्टी। वही धूप।

सूरज ने बीज अपने हाथ में लिया। मुट्ठी बंद की।

मानसून आई। फिर फसल। फिर सर्दी — पहली सर्दी बिना दादा। घर दिसंबर में अलग लगता था। वो कोना जहाँ खाट थी — खाली। किसी ने वहाँ कुछ नहीं रखा।

एक साल बाद।

गाँव बदला था। बदला — जैसे नदी घाटी बदलती है। धीरे। निशान छोड़ते हुए।

और दादा? उनका नाम बैठकों में ऐसे आता था जैसे खाने पर दादा-परदादा का नाम आता है — सहज, बिना सोचे। उनके दोहे बच्चों के मुँह में थे। उनके सवाल गाँव की बहस के तरीक़े में ज़िंदा थे।

एक शाम बैठक में कमला ने कहा: "क्या बदला? कब से?" — फिर रुकी। बरगद के नीचे वो जगह देखी जहाँ दादा टिकते थे। सवाल उनके थे। आवाज़ उसकी।

एक चिट्ठी आई। लिफ़ाफ़ा नहीं — दिल्ली से आई बीजों की कैटलॉग में एक मुड़ा पन्ना, उस पर लिखा था: "सूरज, ढाबी टेक सिंह।" डाकिये ने परेशान था — न सरनेम, न घर नंबर।

लिखावट छोटी, साफ़ थी। इंजीनियर के हाथ की लिखाई।

सूरज — पता नहीं पहुँचेगी ये चिट्ठी। पिछले साल हरियाणा के एक स्कूल के लिए बारिश का पानी इकट्ठा करने का तरीक़ा बनाया। सीधा — पत्थर की नाली, रेत का छन्ना, ज़मीन के नीचे टंकी। नक्शे पीछे हैं। काम आए तो इस्तेमाल करो। न आए तो फेंक दो।

बाँबी के बारे में कभी-कभी सोचता हूँ। तालाब। बरगद। वापस आना चाहिए था। पर नहीं आया।

— विक्रम

सूरज ने पन्ना पलटा। पीछे — साफ़ नक्शे। बारिश का पानी इकट्ठा करने का तरीक़ा। नाप, सामान। वो चीज़ जो विक्रम करता।

चिट्ठी तह की। वहीं जेब में रखी जहाँ बीज था।

एक शाम — एक नौजवान आया। शहर से।

जूतों में मिट्टी। बैकपैक। हाथ में खुली कॉपी — कलम रीढ़ पर टंगी। आँखों में कुछ — जिसे सूरज ने पहचाना। किसी ख़ास आदमी से नहीं — अपने आप से, सालों पहले। वो मिलावट — भूख और ये न जानना कि भूख किसकी है।

"सुना है यहाँ कुछ अलग है। मुझे सीखना है।"

सूरज उसे बरगद के नीचे ले गया। चाय मँगाई। भाप उठी।

नौजवान इंतज़ार कर रहा था।

सूरज ने छाल देखी — अभी भी चिकनी, जहाँ दादा टिकते थे। ऊपर डाल पर कौआ बैठा। वही डाल? कौन जाने।

"पहले एक सवाल पूछूँ?" सूरज ने कहा।

"हाँ।"

"तुम आए क्यों?"

नौजवान चुप रहा। जवाब आसानी से नहीं आया। और सूरज ने चुप्पी नहीं भरी।

उसने अपने शब्द सुने — हवा में लटके हुए। कुछ हिला — ये दादा का सवाल था। वही सवाल। सालों पहले, इसी पेड़ के नीचे। सूरज ने नहीं चुना था पूछना। सवाल उससे होकर आया था।

उस रात, नौजवान सो गया था मेहमान कमरे में। सूरज बरगद के नीचे लौटा। अकेला।

जहाँ दादा बैठते थे — वहाँ बैठा। पेड़ पतला हो गया था — पर जहाँ विक्रम ने पत्थर हटाए थे और नाली खोदी थी, वहाँ से नई जड़ें उतरी थीं।

आसमान खुला था। तारे वही थे जो दादा देखते थे। वही जो विक्रम ने आख़िरी रात देखे थे। वही जिन्हें किसी से कोई मतलब नहीं था।

सूरज ने जेब से बीज निकाला। एक साल से उठाए फिर रहा था। बोया नहीं था।

तारों के सामने उठाया। छोटा। सूखा। भरा हुआ किसी ऐसी चीज़ से जो अभी हुई नहीं थी।

सोचा — बो दूँ। यहीं, बरगद की जड़ में।

फिर सोचा — अभी नहीं।

जब तक पता न चले कौन सा सवाल इसके साथ बोना है।

हवा चली। बरगद के पत्ते एक दूसरे से लगे — फुसफुसाहट जैसी आवाज़। शब्द नहीं। बस मौजूदगी।

उसके पैरों के पास, चींटियों की एक कतार उस जड़ को पार कर रही थी जहाँ दादा बैठते थे। कुछ उठा रही थीं। कहीं जा रही थीं। न कोई इंजीनियर। न कोई नक्शा।

वही रहस्य जिसने विक्रम को घुटनों पर ला खड़ा किया था, सालों पहले।

अभी अनसुलझा। अभी चल रहा।

बीज बोया जाते रे — फल चखे ना कोय।
पेड़ खड़ा सौ साल रे — बोने वाला सोय॥

लेखक के बारे में

गुरप्रीत सिंह इंजीनियर हैं जो कहानियाँ लिखते हैं — क्योंकि सबसे गहरी सीख सबसे सरल कहानियों में छुपी होती है।

बचपन हरियाणा, भारत में बीता — जहाँ सीखा कि ज्ञान सिर्फ़ किताबों से नहीं आता। वो आता है देखने से, बैठने से, और चुप रहने से।

बीस साल उत्तरी अमेरिका के कई शहरों में तकनीक बनाई — पर एक सवाल पीछा नहीं छोड़ता था: *क्या कोई एक तरीक़ा है जो सब कुछ जोड़ दे?*

बहुज्ञ विधि उस सवाल का जवाब नहीं है — उस सवाल की कथा है। यह उनकी पहली हिंदी कृति है।

www.ingramcontent.com/pod-product-compliance
Lightning Source LLC
LaVergne TN
LVHW100303210926
848480LV00003B/1008